半小時
漫畫唐詩

陳磊・半小時漫畫團隊 著

目　錄

一、開篇：
古詩是怎樣被唱出來的？

各位同學大家好，從小咱們就學古詩詞，背不了幾首詩，都不好意思說自己是中國人。

而現在，不僅同學們要背詩，詩詞類的電視節目也越來越多，一股全民讀詩的熱潮正在襲來。

於是問題來了，**我們為什麼要學古詩詞？**

---

❶ 雖然不明白說的是什麼，但好像很厲害的樣子。

詩詞，其實就是古代的流行歌曲，它們記錄著一個個時代的變遷，是歷史的旋律。

還有一點很重要：同樣是記錄歷史，**史書是國家視角**，記錄的是帝王將相史，而**詩歌是個人視角**，記錄的是個人的喜怒哀樂。比起歷史的過眼雲煙，詩歌這些感情是永恆的。

這就好比咱們聽的流行歌，從20世紀70年代的鄧麗君到80年代的羅大佑，從90年代的張學友到新世紀的周杰倫，都記錄了一個時代的風貌。

不管是誰，不管生在哪個時代，都需要表達感情。而詩歌是一種表達感情的高級方式。

當你看到一個漂亮姑娘的時候，你只會說：

媽呀，
漂亮！

而西漢音樂家李延年會說：

一顧傾人城，
再顧傾人國。

當你考了全班第一名的時候，你會說：

而詩人孟郊會說：

當你悲傷逆流成河的時候，你會說：

而詞人李煜會說：

因此，學好古詩詞，不僅能瞭解歷史，還能提高品位！

　　而唐詩是古詩詞中最重要的一部分，學好唐詩，是學好古詩詞的重要一步。在這之前，我們先來瞭解一下古詩詞的發展歷程。

　　寫詩這個事，給大家一種特別高雅的感覺，其實詩的起源沒這麼文藝，就是幹活時候的口號。

比如有一首詩叫作〈彈歌〉，據說是中國第一首詩，講的是原始社會打獵的事，全詩一共就八個字：

斷竹，續竹，飛土，逐宍（ㄖㄡˋ，肉的古字）。

斷竹（砍竹子！）

續竹（接上！）

飛土（彈出去！）

逐宍（哪裡跑！）

其實這首詩就是個口號，幹活的時候一塊喊喊，大概類似於做操時候喊的節拍吧。

所以魯迅先生說：詩是韻文，從勞動時發生的。

後來到了西周，周公搞了一套禮樂制，把禮節、音樂、舞蹈上升到國家高度，國家帶頭K歌，豐富精神文明生活。

朝廷自己high的同時，也不忘老百姓，特意設置了一個采詩官的機構，專門負責去民間搞調查研究，把各地的民歌收集上來，交給朝廷專門的歌舞團譜曲，給周天子表演。周天子靠這個可以瞭解民間疾苦。

後來這些詩歌流傳下來，據說孔子把它們又整理了一遍，這就是中國的第一本詩歌總集：

《詩經》

風：又稱國風，就是各地民歌。

雅：大部分是貴族音樂，比如開宴會時候的曲子。

頌：特別重大的正式場合演奏的音樂，比如祭祀時用的曲子。

　　《詩經》共有詩歌305首，所以後人又把《詩經》稱為《詩三百》。大家會發現，詩經裡面的詩，基本都是四個字一小句，而實際上它是由兩組詞拼在一塊組成的，讀起來是「二／二」的形式。這就是四言詩。

　　關關／雎鳩，在河／之洲，
　　窈窕／淑女，君子／好逑。

　　這種韻律讀起來很上口，但是也比較單調，再說每句就四個字，也表達不了多少東西，對一些內心戲特別豐富的人來說，這種形式就有點不夠用了。於是，就有人開闢一種全新的玩法：

楚辭的代表人物就是屈原，大家知道他的一生，活出了兩個字：憋屈。他的內心特別敏感，每天有無數的槽要吐，要是用《詩經》的套路寫文章，他可能會憋出肺氣腫。

這大概是史上第一個對作文字數要求很不滿的同學。

於是他就需要一種更加自由的寫作形式，代表作就是《離騷》。

《離騷》裡面的句子，就不是四個字四個字的了，字數更多，而且特別喜歡用兮這個語氣詞。

路漫漫其修遠**兮**，吾將上下而求索。

後來有人繼承和模仿屈原的風格寫了不少東西，後人將這些作品編輯成集，這就是《楚辭》。

《詩經》和《楚辭》，構成了中國詩詞的兩大起源。詩經裡最經典的〈國風〉和楚辭裡面最經典的〈離騷〉，合稱「風騷」，成為中國文學的代稱。

〈國風〉，代表**現實主義**，樸實無華；

〈離騷〉，代表**浪漫主義**，天馬行空。

這兩種類型的文學延續至今，湧現出無數的代表人物，

後來的詩詞，就在這兩大起源上繼續發展。

到了漢代，也有一個機構，跟周朝的采詩官類似，叫樂府，負責採集各地的民歌。這時候的詩已經發展成了**五言詩**。

這就是後人口中的：

漢樂府

最有名的就是〈孔雀東南飛〉：

府吏聞此事，心知長別離。

徘徊庭樹下，自掛東南枝。

還有一幫內心戲豐富的文人，他們選擇繼承〈離騷〉，於是就有了：

漢賦

比如大情聖**司馬相如**的〈子虛賦〉，講的是兩個人互相吹牛皮的故事，他們一個叫子虛，一個叫烏有。**子虛烏有**就是從這來的。

後來到了魏晉南北朝時期，湧現出一大堆詩人，他們都有各自的風格：

三曹

曹操、曹丕、曹植父子三人，
個性突出，現實主義。

竹林七賢

喝酒，唱歌，寫詩，

行為藝術七人組，號稱「七宗醉」。

陶淵明

田園詩鼻祖，

種地使我快樂。

謝靈運

山水詩鼻祖，

旅遊使我快樂。

　　而到了這一時期，五言又不夠用了，慢慢發展出**七言詩**，字數又多出兩個，節奏感更強了。

　　比如曹丕的〈燕歌行〉，就是現存最古老的七言詩。別看曹丕在歷史上是個狠角色，可內心住著一個小公主。這是一首言情詩，展現的是一個女子對丈夫的思念。

　　賤妾甇甇守空房，憂來思君不敢忘，不覺淚下沾衣裳。

──〈燕歌行〉

　　但是，後來這一時期的詩歌，變得越來越浮誇，只注重文字華麗，不注重真情實感，誰寫得最不明覺厲，誰就最牛。

發展到這兒，我們可以簡單總結一下，古詩這種流行歌曲，發展的套路就是：

形式上不斷地放飛自我

這種放飛包含兩大方向：

一、節奏越來越豐富

從四言到五言到七言，承載的訊息量越來越大，節奏越來越豐富，原來只能 12342234，現在需要一些 freestyle。

二、感情越來越豐富

寫詩要有真情實感，要麼把觀眾弄笑，要麼把觀眾弄哭，總之得有 high 點，沒有感情的詩都是「僵詩」。

終於，號稱**「我啥都最厲害」**的唐朝，到來了。而唐朝詩人們最重要的使命就是**「大戰僵詩」**：

唐代詩歌在節奏和感情這兩個大方向上，都獲得了巨大的進步，中國詩歌從此走上巔峰。

一、節奏方面，格律詩正式定型

唐代以前的古詩，大體上可以稱為**古體詩**，沒啥拘束，念著順口就行，後來講究越來越多，到了唐代，就形成了格律詩。格律詩中，有三大講究：

1. 平仄

按現在的漢語，簡單粗暴地理解，一二聲就是平聲，三四聲就是仄聲。平仄結合，念起來就特別帶感。

當然，古人的發音跟我們不同，比如下面的「國」字，在古語裡就歸到仄聲。

仄仄平平仄　平平仄仄平
國破山河在，城春草木深

2. 押韻

某些句的最後一個字，韻母相同或類似，讀起來就更順嘴。

昔人已乘黃鶴去，此地空餘黃鶴樓。
ㄌㄡ

黃鶴一去不復返，白雲千載空悠悠。
一ㄡ

晴川歷歷漢陽樹，芳草萋萋鸚鵡洲。
ㄓㄡ

日暮鄉關何處是？煙波江上使人愁。
ㄔㄡ

黃鶴樓

江南皮革廠倒閉了！

3. 對仗

上下兩句，平仄相反，句式相同，每個詞的意思能對上。

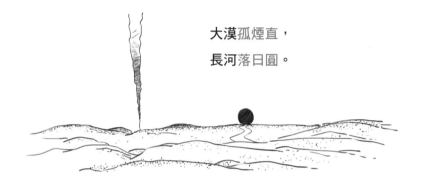

大漠孤煙直，
長河落日圓。

　　這裡咱們只是簡單地提一下，實際上還有很多講究，這些規矩其實在唐朝之前就有，但是在唐朝慢慢固化下來。

二、感情方面，百花齊放

南北朝晚期的時候，詩歌變得沒啥感情，而到了唐代，寫詩成了表達喜怒哀樂的重要方式，不會寫詩，就沒法交流。唐朝的詩人們，個個都是內心戲爆炸的戲精，什麼花裡胡哨的人都有：

　　唐詩就好像打通了任督二脈的武林高手，把前人的內力全都化為己用，不僅融會貫通，而且還做到青出於藍而勝於藍。

　　這個原因有很多，比如唐朝國力強盛、民族融合程度高、政治開明等等。咱們這裡著重講兩點：

一、科舉制

隋唐之前，想當官只能拼爹，而到了隋唐之後，隨著科舉制的出現，讀書成為改變命運的重要方式。而在唐代，如果你想考進士，會寫詩是基本要求。

當時平民出身的讀書人想當官，要麼考科舉，要麼靠舉薦。而得到舉薦也要會寫詩才行，不然都沒人搭理你。

二、國家命運

唐朝這個朝代特別刺激，國家命運跟過山車似的，一會兒我們肩並肩飛上天，一會兒我們手挽手磕破頭。

國家命運的劇烈變化，給了這些詩人無窮的心理衝擊和創作靈感。因此唐朝的詩歌，可以按照時間來區分：

初唐：打倒南朝糟粕，吸收傳統內涵，開闢一條大唐特色詩歌的新路。

代表人物：初唐四傑以及陳子昂等。

盛唐：百花齊放，走上巔峰。

代表人物：李白、杜甫等。

中晚唐：唐王朝國力衰弱，愁死個人。

代表人物：白居易等。

一般來說，唐詩的發展情況大概是這樣的：

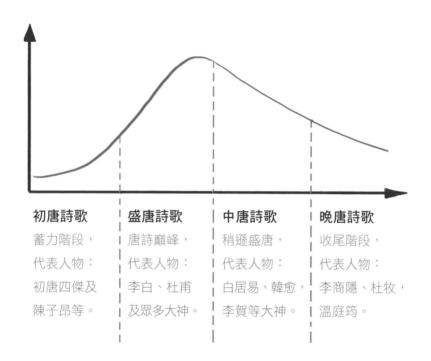

初唐詩歌
蓄力階段，
代表人物：
初唐四傑及
陳子昂等。

盛唐詩歌
唐詩巔峰，
代表人物：
李白、杜甫
及眾多大神。

中唐詩歌
稍遜盛唐，
代表人物：
白居易、韓愈，
李賀等大神。

晚唐詩歌
收尾階段，
代表人物：
李商隱、杜牧，
溫庭筠。

在本書中，我們會按照時間線，來為大家梳理唐朝的詩歌和詩人們的那些故事。

　　唐詩之後，宋詞接過了中國古代文學的大旗。不過詞不是宋代才有的，南北朝時期就已經有了，在隋唐時期慢慢興起，只是到宋代才達到鼎盛。

　　唐代大詩人白居易就寫過詞，比如這首必背的〈憶江南〉：

江南好，風景舊曾諳。
日出江花紅勝火，春來江水綠如藍。能不憶江南？

　　詞又稱長短句，每句的長短不一，本來就是唱歌用的歌詞，因為興起於民間，所以主要用來抒情。關於宋詞的部分，咱們以後再詳講。

二、初唐領路人很重要（上）

王勃　　楊炯　　盧照鄰　　駱賓王

在唐朝以前，有一個朝代叫作南北朝。這個朝代有一些牛人，搗鼓出了一個很牛的技能：

格律

啥是格律呢？

簡單說就是詩的格式和音調，有了格律這個好東西，古詩開始變得富有美感和節奏感，而且讀起來朗朗上口。

　　按道理來說，掌握了這麼給力的技能，古詩這是要上天的節奏，可惜後世的評價就兩字：

　　為啥不行呢？你可以回想一下，古詩鑒賞的終極問題：

　　問題就出在這裡：感情太 low。

　　唐朝之前的主流詩人都是在宮廷混口飯吃，他們整天圍著皇帝轉，寫的大多是宮廷奢靡的生活，還會拍皇帝馬屁。

主流詩人受前朝影響很大，就這麼發展到了初唐。照這個劇情發展下去，詩歌遲早要完蛋。

可有些詩人就喜歡不按套路出牌，他們覺得詩這東西，寫都寫了，得更加注重詩中蘊含的思想感情才對。就是因為這些不甘庸俗者的攪局，詩歌慢慢走向巔峰。下面咱們來看看他們的人生。

1. 樸實的王績

古時候的讀書人出來做官是為了理想，但王績有點奇葩，一共做過三次官，都和酒有關係：

第一次，
因為喝酒誤事，被彈劾回家；

第二次，
出來做官就是為了官員的福利——
每天三斗酒；

第三次，
聽說隔壁單位有個釀酒的高手，
死活要去和人家做同事；

最後乾脆回家隱居，研究釀酒，
自產自銷。

一個標準酒蒙子有沒有？但事情並沒那麼簡單。

年輕時候的王績是個有治國理想的小鮮肉，可惜空有才華卻無人賞識，只好買醉。

> 相顧無相識，長歌懷采薇。
>
> ——〈野望〉

這首詩的後兩句，大概意思就是說，現實中沒人懂我，只好懷念古代的隱士了。

王績的人生理想沒實現，但詩歌上的成就卻很高。

追隨古人**陶淵明**的腳步，屬於山水田園派，語言簡單樸實，和同時代浮華的詩相比，王績的詩就好像一桌子大魚大肉中孤獨的一盤青菜——

王績算是一個詩歌改革的先驅，用樸實清新的田園詩表達情感。但他是個隱居的詩人，這麼一個宅男，對於當時文學風氣影響有限。

2. 開拓的初唐四傑

初唐有個很牛的男子詩歌天團，叫作**初唐四傑**，你要是高興，也可以喊他們初唐F4。他們就是：

王勃　楊炯　盧照鄰　駱賓王

王勃

王勃就是我們前面說過的王績的侄孫。王勃6歲出道，16歲進入沛王府做官，人生得意，隨便出門給朋友送行也充滿了正能量：

城闕輔三秦，風煙望五津。

與君離別意，同是宦遊人。

海內存知己，天涯若比鄰。

無為在歧路，兒女共沾巾。

——〈送杜少府之任蜀州〉

在這首非常有名的送別詩裡，詩人對死黨哥們兒說：只要有你這個好知己，即使遠在天邊，也好像近在眼前。

但是人一得意就容易飄，當時王府的王爺們沒事喜歡鬥雞玩，王勃腦袋一熱，寫了篇文章替自己老大沛王向英王挑戰。

這就是很有名的〈檄英王雞〉。

兩雄不堪並立，一啄何敢自妄？

養成於棲息之時，發憤在呼號之際。

——〈檄英王雞〉

老大，我替你下個戰書。

這篇文章寫得很有文采，各路大V**❶**紛紛轉發。

你看看人家，鬥雞都能鬥成網紅，

你天天吃雞，都白吃了？

❶ 大V：指粉絲眾多有影響力的重要人物。

　　沒過多久，當時的皇帝就在朋友圈看到了這篇爆文，結果看完以後，他提出了不同看法：

　　皇帝很生氣，後果很嚴重，直接將王勃趕出王府。

一離開王府，王勃就像鬆開了手煞的車，並且在下坡快車道上奔跑，從此他開始體驗什麼叫作茶几一般的人生：

先是攤上人命官司，
差點丟掉小命；

你兒子坑爹了！

然後他的父親也因為
這事被貶到偏遠地區；

連累父親，王勃很是自責，於是跑去探望父親。途經南昌滕王閣，他在這裡寫下千古名篇：

老當益壯，寧移白首之心？

窮且益堅，不墜青雲之志。

——〈滕王閣序〉

在這篇文章裡，王勃感慨了一下自己悲催的前半生，但也沒有失去希望，想要重新振作起來。

前半生就這樣了，後半生繼續努力吧，但悲劇的是，他沒有後半生了。在寫下〈滕王閣序〉不久後，王勃就失足落水，驚悸而死。

楊炯

少年中舉，卻一直得不到重用，熬到三十多歲，終於擔任太子府的重要職位，卻被造反的親戚連累，貶為縣令，在縣令這個職位鬱鬱而終。

烽火照西京，心中自不平。
牙璋辭鳳闕，鐵騎繞龍城。
雪暗凋旗畫，風多雜鼓聲。
寧為百夫長，勝作一書生。

——〈從軍行〉

楊炯一生大部分時間都不受重用，但在他的詩裡能感受到渴望建功立業的雄心。

盧照鄰

盧照鄰曾是個神童，年紀輕輕就到王府做官，看到王府藏書超級多，他一點不客氣，全都給讀完了。連王爺都對他佩服得五體投地，經常跟別人誇盧照鄰：

此吾之相如也。

相如指的是漢代超級文豪司馬相如。所以這裡王爺誇盧照鄰是個大才子。

盧照鄰寫過一首〈長安古意〉感嘆世事無常，其中有一句**「得成比目何辭死，願作鴛鴦不羨仙」**被後人無數次引用。音樂、電影、電視劇裡經常用到的「只羨鴛鴦不羨仙」就是來自這句詩。

後來，因為〈長安古意〉這首詩得罪了人，他被人誣陷坐了牢，出獄後沒迎來逆襲的機會。不知道是什麼原因，他開始出現手足殘廢的症狀，最後無法忍受疼痛，跳河自盡。

寂寂寥寥揚子居，年年歲歲一床書。
獨有南山桂花發，飛來飛去襲人裾。

——〈長安古意〉

這首詩，諷刺了權貴的驕奢淫逸，更表達了自己英雄無用武之地的困頓和牢騷不平之氣。

駱賓王

傳說駱賓王7歲寫出〈詠鵝〉，才華那是槓槓[2]的。

鵝，鵝，鵝，曲項向天歌。

白毛浮綠水，紅掌撥清波。

——〈詠鵝〉

長大之後的駱賓王在武則天朝裡做了官，但駱賓王又看武則天不順眼，吃飽飯沒事就發帖諷刺她。武則天什麼脾氣大家都知道，結果駱賓王果然被抓起來關進大牢。

---

[2] 非常棒的意思。

直到朝廷大赦天下，駱賓王才被放出來。後來有人造反，他也屁顛屁顛地跟風，可惜造反失敗，他本人也從此下落不明。

小樣，厲害了，還學會造反了！

　　　　　　　　駱賓王的下落有很多版本，有人說他被殺了，有人說他跳河了，也有人說他出家了。

　　他們的仕途同樣坎坷，只能用詩歌來吐槽。有人把這四個~~混得很慘~~擁有同樣文學主張的詩人，稱為**初唐四傑**。

　　他們的詩不再只聊宮廷裡那點事，更多的是市井、邊塞的生活，都是真情流露，跟以前的文風有了很大的不同。

　　初唐四傑官都不大，但很有名氣。在他們的影響下，初步扭轉了前朝遺留的弊病。

　　初唐四傑可以說是為唐詩的發展指出了一條新的大路，而在這條路上，站著一個人……

這個人是誰呢？

三、初唐領路人很重要（下）

上一章我們瞭解到，唐朝以前就有人搞出了詩歌的格律。這技能讓詩讀起來特別溜，可就是沒啥真情實感。後來唐詩能夠這麼牛，全靠初唐詩人們蓄的力。

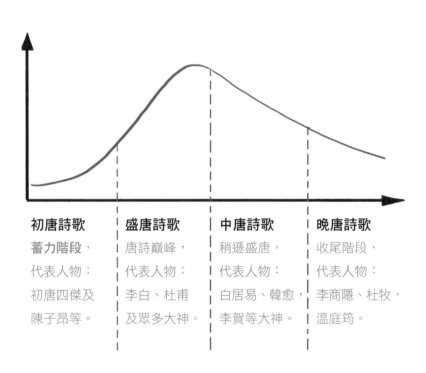

初唐詩歌
蓄力階段，
代表人物：
初唐四傑及
陳子昂等。

盛唐詩歌
唐詩巔峰，
代表人物：
李白、杜甫
及眾多大神。

中唐詩歌
稍遜盛唐，
代表人物：
白居易、韓愈，
李賀等大神。

晚唐詩歌
收尾階段，
代表人物：
李商隱、杜牧，
溫庭筠。

大家也瞭解了王績、初唐四傑他們對詩歌改革的貢獻，從這時起，詩人除了注重格律，也開始注重真情實感。

姓名：王績
貢獻：浮靡文風中的樸實文字
影響力：★

姓名：王勃 楊炯 盧照鄰 駱賓王
貢獻：開拓了詩歌的題材
影響力：★★☆

可以說他們為唐詩的發展指出了康莊大道，而在這條路上，站著一個人⋯⋯

他就是——

3. 復古的陳子昂

陳子昂的爸爸是個商人，所以他家境不錯，是個富二代。他從小就喜歡舞槍弄棒，十七八歲之前，從不學習。

突然有一天，他不知道搭錯哪根筋，立志棄武從文。一把年紀改變志向的人不少，關鍵是他進步神速，年紀輕輕就通過了科舉考試。

這就好比一個從小學混到高中的古惑仔，沒成為黑社會小混混，卻考上了重點大學，意不意外，驚不驚喜？

走上工作崗位後，他立志要建設富強民主和諧的大唐，沒事就給皇帝上個書諫個言什麼的。

比如，當時的皇帝唐高宗死在洛陽，他媳婦武則天想運靈柩回長安。

陳子昂認為這樣勞民傷財，因此上書勸阻。

武則天看了以後十分感動，然後拒絕了他的建議。不過她覺得陳子昂挺有文才，封了他一個不大不小的官。

後來契丹入侵，陳子昂隨軍出征，主帥是武則天的侄子武攸宜，在戰爭方面屬於資深草包，在前線連吃敗仗，陳子昂自告奮勇：

武攸宜聽了很感動，然後又拒絕了他的建議，並把他降職成軍曹。

　　陳子昂十分鬱悶，只好走出營帳到處溜達，來到幽州台，寫下千古名篇：

　　　前不見古人，後不見來者。

　　　念天地之悠悠，獨愴然而涕下！

　　　　　　　　　　　　　　　　——〈登幽州台歌〉

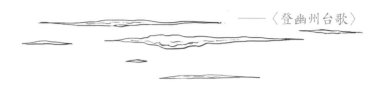

　　話說古時候有個叫燕昭王的國君，為了招攬賢才，建了個黃金台，後來也叫幽州台。

---

❶ 中國給勞工「五險一金」，指五種社會保險：養老保險、醫療保險、失業保險、工傷保險、生育保險，「一金」指住房公積金。第六險通常依據實際需求幫員工購買其他保險。

陳子昂想到了這個典故，古往今來那麼多求賢若渴的君主，自己怎麼一個也沒趕上，只能跑到這高臺上思考人生⋯⋯

壯志難酬的陳子昂心灰意冷，棄官回家，結果又遭到權貴的陷害，最終冤死獄中。

陳子昂的政治理想沒能實現，可他在詩歌上的影響那是相當的大，堪稱詩壇的大佬。他曾經放話：

漢魏風骨，晉宋莫傳。

——〈與東方左史虯修竹篇〉

大概意思是說，像漢魏詩中慷慨悲涼的感情，到了兩晉南北朝就沒了。

漢魏風骨的代表就是鼎鼎有名的建安文學。

那時候天下大亂，詩人要不是寫自己的雄心壯志，就是寫天下大事、百姓疾苦，感情特充沛，翻譯過來就是說：

陳子昂扭頭一看，漢魏之後的大部分文章，格律超優美，小詞超華麗，就是少了些正能量，於是他就提出：

向漢魏詩人學習！

陳子昂號召大家學習老祖宗，還真的讓詩歌的風氣好了起來，很多盛唐的詩人都是他的粉絲，影響深遠。

姓名：陳子昂
貢獻：復古，學習漢魏詩歌
影響力：★★★☆☆

4. 初唐旗幟張若虛

初唐詩人們已經這麼努力，但還需要個一錘定音的人，這時一位集大成者站在前人的肩膀上完成了這一偉大的使命。初唐有一首詩，幾乎是完美地做到了這點，它號稱：

「孤篇蓋全唐」

這位集大成者，叫**張若虛**。

張若虛本人在歷史上的記載非常少，他被人們熟知就是因為這首詩。

我們當嬪妃的，講究母憑子貴。

那算什麼，像我，靠的就是人憑詩火。

他到底寫了首什麼詩這麼厲害呢？

就是那首著名的〈春江花月夜〉。

這首詩是借描繪明月照春江的景象，表達詩人遊子離愁的感情。

> 斜月沉沉藏海霧，碣石瀟湘無限路。
>
> 不知乘月幾人歸，落月搖情滿江樹。
>
> ——〈春江花月夜〉

這首詩好在哪裡呢？舉個例子。詩中出現了兩個詞——**碣石**、**瀟湘**，有些研究者認為，這應該是一南一北的兩個地方，距離超級遠，就像他和家鄉的距離一樣，這滿紙的感情就兩個字：**思鄉**。

格律優美，遊子思鄉之情表達得淋漓盡致，諸多優點融於一詩中，堪稱初唐詩的一面旗幟。

　　大家看中國現代詩人聞一多先生是怎麼給他手動點讚的：

詩中的詩，頂峰上的頂峰。

姓名：張若虛
貢獻：一首堪稱完美的詩
影響力：★☆☆☆☆

實際上，初唐詩歌的發展是感情、格律雙管齊下，按照每個詩人的成就，過程大概是這樣的：

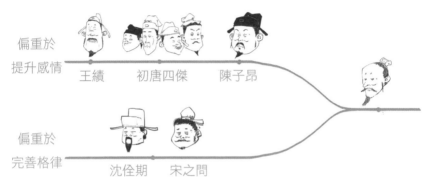

偏重於提升感情　王績　初唐四傑　陳子昂

偏重於完善格律　沈佺期　宋之問

　　至於格律這條線，由於篇幅原因，就不在這裡講了，以後我們會在講格律的時候，詳細介紹改造格律的詩人。

講到這裡，詩歌的發展可以說是：萬事俱備，只欠東風……
這東風是啥？說出來你可能不信，它就是**科舉制度**。

唐朝的科舉有很多種，其中有一個叫**進士科**，難度很高，影響最大。不考個進士科，當官你都不好意思在食堂跟同事打招呼。

這個進士科，考試內容之一就是詩詞歌賦，這就造成了一個結果：

全民死磕詩歌

就這樣，詩歌本身質量的提高，再加上全民寫詩的浪潮，唐詩這個蓄了將近一百年力的必殺技，終於爆發，迎來了詩歌的又一個高峰——

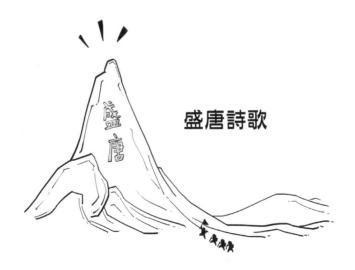

盛唐詩歌

四、盛唐老大哥（一）：
李白的伯樂──賀知章

　　上一章，我們聊到了初唐的詩歌改革，詩歌還被列入科舉必考科目，於是全民都在寫詩，眼瞅著這風氣就要推著詩歌走向巔峰——

盛唐詩歌

　　不過，在聊盛唐詩人之前，我們要先瞭解一位出生在初唐的大詩人——

為啥我們又要回來講初唐詩人呢？

盛唐詩歌雖然是中國文學的巔峰，但它不是躥天猴，這個頂點不是「躥」一下就上的，需要有個老大哥把初唐詩歌的文化傳承給後人。賀知章就很符合這個人設，原因很簡單，他——

活得久

當然了，人家還有其他優點：

人緣好

會寫詩

我們現在就好好聊一聊賀知章和他的一群好朋友。

據專家考證，賀知章活了86歲，放在現代都算是老壽星了，他的一生大致分成兩個部分：

前半生

初唐的小跟班

後半生

盛唐的老大哥

Part 1　初唐的小跟班

　　賀知章老家在今天的杭州蕭山，他年輕時都做了什麼，基本上沒有記載，只知道他是個學霸，37歲高中狀元。

　　據說這是浙江歷史上**第一位**有資料記載的狀元。

　　感覺就要從此走上人生巔峰了！

可是唐朝並不是中了進士就能當官的，還需要通過更難的技能測試，後來賀知章又熬了幾年，靠著朋友拉一把才開始了公務員生涯。

做了官的賀知章就像開了掛一樣，運氣好到爆炸，不像之前咱們提到的那些文化大咖。他一生沒有大災大難，總能巧妙地躲過各種政治鬥爭，一步一步幹到三品大員，在官場混跡五十餘年，屹立不倒。

我要飛得更高 飛得更高

狂風一樣舞蹈 掙脫懷抱

客觀地說，賀知章主要幹的是文職和教育工作，教教書、寫寫詩什麼的，政治上並沒有什麼特別重大的貢獻。

詩歌改革。

那他厲害在哪裡？

當賀知章還在熬年頭的時候，詩壇大佬陳子昂振臂一呼，提倡寫詩歌這事兒，得改改革——

宣導向漢魏詩人學習！

賀知章算是第一批回應的詩人，可以說是詩歌改革中的主要幹將，所以他寫的詩有一種清爽的氣質，沒有浮誇辭藻的堆砌，比如：

詠柳

賀知章

碧玉妝成一樹高，萬條垂下綠絲絛。
不知細葉誰裁出，二月春風似剪刀。

小學生必背古詩詞

　　大意是：高高的柳樹長滿了翠綠的新葉，柳枝垂下來，就像萬條的綠色絲帶。這細細的嫩葉是誰裁剪出來的呢？原來是那二月的春風，它就像一把剪刀。

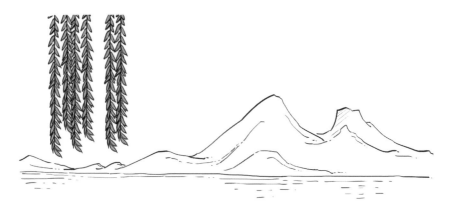

讀完什麼感覺？

　　賀知章可以說是被官場耽誤的詩人，因為長期當官，詩寫得並不算多，而且大多是迎合皇帝的詩。

除了詩歌改革，**賀知章**因為有才華而頗有名氣，人們把他和**張若虛、張旭、包融**並稱為吳中四士。他們都是江浙一帶的人，古時候這裡被稱為吳中，大概就是江南四大才子的意思吧。

吳中四士

吳中四士個個才氣逼人。**張旭**很會寫字，是個狂草達人，在歷史上被稱為**草聖**。

傳說張旭愛看公孫大娘舞西河劍器，並從中悟出了草書的精髓。

又傳說書法大師**顏真卿**兩度辭官，就是為了向張旭學習書法。

　　張若虛算是我們的老朋友了，詩寫得超好，他的一首〈春江花月夜〉更是號稱：

「孤篇蓋全唐」

　　包融是擅長文詞而出名的大才子，是當時文壇舉足輕重的人，還在朝廷做大官。

　　賀知章和這些人齊名，也是相當厲害的，他善於寫詩，書法水準也很高。

　　無奈陳子昂、張若虛的光芒太耀眼，所以賀知章在初唐只能做一個實力派配角，可他最大的優勢就是活得久，於是他耗死了兩位大神，C位出道❶，從此——

走上人生巔峰

　　　　　　　　賀知章的人生告訴我們一個道理：
活得久才是硬道理。

---

❶ C是指center，這句詞代表有實力的人在團隊中成為焦點，站上舞台燈光聚焦的位置。

Part 2　盛唐的老大哥

　　這個時候的賀知章，映射著整個朝代的境遇，唐朝也在此刻走向了巔峰：**盛唐**。而賀知章此時已經成為盛唐詩壇的老大哥。

大哥，今天看上哪個韻了？押它！

　　作為老大哥，賀知章很會帶節奏，在官場提攜了很多人，也和諸多文人雅士成為莫逆之交。

他和李白的故事被傳為佳話：有一次賀知章偶遇李白，當時李白四十來歲，連份工作都沒有，李白把自己的〈蜀道難〉給賀知章看。

賀知章看完文章後，驚為天人，於是大呼：李太白同學，你簡直就是**謫仙人**啊！

謫仙人的意思是：**被貶下凡塵的神仙**。從此李白也自稱「謫仙人」。據說詩仙的美號就是這麼來的。

李白覺得，賀知章德高望重卻沒有架子，還很賞識自己，就像自己的伯樂一樣，非常高興。

　　兩人這一看對了眼，就開始商業互吹❷，最後硬生生搞成了一場名垂青史的互粉。

　　要知道，這個時候的李白42歲，而賀知章已經84歲了，兩人的年紀幾乎相差一倍，堪稱超越年齡的友誼。

---

❷ 意指好友之間互相誇讚對方，讓別人高興自己也開心。

為什麼賀知章和李白可以成為好朋友？

1. 都愛喝酒

賀知章和李白都是出了名的愛喝酒，有多出名呢？連杜甫都為這事寫了首詩〈飲中八仙歌〉，前兩句說的就是賀知章：

> 知章騎馬似乘船，
> 眼花落井水底眠。
>
> ——〈飲中八仙歌〉

這兩句詩在說：賀知章喝醉了酒後，騎馬都像坐船一樣搖搖晃晃的，眼睛昏花掉到井底，竟然就在井底睡著。

當然，杜甫也不會放過自己的好朋友李白，這首詩也提到了
李白喝酒的樣子：

> 李白斗酒詩百篇，
> 長安市上酒家眠。
> 天子呼來不上船，
> 自稱臣是酒中仙。
>
> ——〈飲中八仙歌〉

這四句詩在說：李白喝醉了酒後，能作很多很多詩，他還常常在
長安市上喝酒，睡在酒館裡。一次皇上在湖池遊宴，召他作詩，他因
酒醉不肯上船，自稱是酒中之仙。

2. 性格匹配

　　賀知章其實是一個狂放不羈的人，但由於在官場為官，只能壓抑自己的天性，晚年的他更是自稱：

四明狂客

　　四明是一座山的名字，這座山就在賀知章老家附近。

李白同樣是狂放不羈的人，也喜歡稱自己是狂客，而且還寫下了一首詩：

> 一州笑我為狂客，
> 少年往往來相譏。
> ──〈醉後答丁十八〉

小朋友莫囂張，
我可是武林高手。

這兩句詩在說：整州的人都笑我為狂客，連你這個小小少年也來譏笑諷刺我。

3. 英雄惜英雄

如果說愛喝酒、好為狂客是賀知章在帶節奏，那對於李白才華的賞識，就是賀知章的慧眼識人。

他不僅欣賞李白的才華，還調動自己所有的資源為李白打call❸。

陛下，我認識個人，他寫的詩簡直絕了，可以幫你寫情書撩妹子。

正是因為賀知章的努力，李白得到了皇帝的召見，做了官。

下班一起去喝酒？

走走走。

可以說，李白的名號之所以那麼響，除了自身的才華之外，還有賀知章的努力。因為這位老大哥的推薦，李白一下子名震文壇。

---

❸ 在演唱會中對歌手的應援與支持。

　　沒過多久，賀知章覺得自己都漂了五十年，年紀實在太大，就申請退休返鄉。因為賀知章在當官的時候深得人心，據說皇帝、太子帶著百官一起為這位老幹部送別。

　　後來他返回自己的老家，寫下了千古名篇：

回鄉偶書二首（其一）

賀知章

少小離家老大回，鄉音無改鬢毛衰。
兒童相見不相識，笑問客從何處來。

小學生必背古詩詞

　　第一段的大意是：我在年少時離開家鄉，到了遲暮之年才回來。我的鄉音雖未改變，但鬢角的毛髮卻已經疏落。

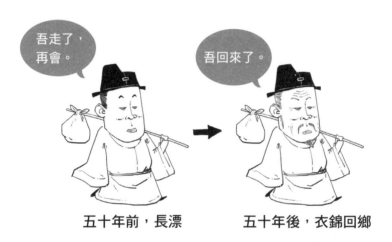

五十年前，長漂　　　　　　五十年後，衣錦回鄉

　　　　　　　　　詩人在外五十多年，回到故鄉，這要換一般人，都會寫家鄉的變化，但詩人的角度刁鑽，用不變的鄉音和變化的相貌進行對比，來描繪時光流逝。

第二段的大意是：熊孩子們看見我，沒有一個認識我的。他們笑著問：這客人是從哪裡來的呀？

哪裡來的老頭子？

詩人原以為自己終於回了老家，但這裡卻沒有一個認識的人，更沒想到被人當作「客」，這和京城的送別形成了鮮明的對比，就好像自己已經沒有家鄉了。

回鄉沒多久，賀知章就逝世了。得知消息的李白特別傷心，回想起自己和賀知章第一次見面就去喝酒的場景：賀知章發現自己沒帶錢，就把皇上御賜的金龜當酒錢。

四明有狂客，風流賀季真。

長安一相見，呼我謫仙人。

昔好杯中物，今為松下塵。

金龜換酒處，卻憶淚沾巾。

────〈對酒憶賀監二首‧其一〉

在詩歌從初唐轉向盛唐過程中，賀知章是非常重要的紐帶，他把初唐詩人的理念傳承給後來的盛唐詩人。但他不是一個人在戰鬥，還有另一位老大哥也做了同樣的事，他就是──

欲知後事如何，

且看下章分解。

五、盛唐老大哥（二）：
官場詩壇兩開花──張九齡

話說古代讀書人都有治國（當官）的理想，但這不是人人都能實現的。實現不了怎麼辦呢？那就去當詩人（吐槽）咯……

這方面的典型代表很多，比如：

魏晉酒神・陶淵明

盛唐吉祥物・李白

想要當治世之能臣，除了「打鐵還需自身硬」之外，還需要那麼一點運氣，比如上一章的賀知章就屬這一類。

成功是99％的汗水加上1％的運氣，
那1％的運氣其實也特別重要。

張九齡號稱盛唐最後一位名相，唐朝的著名詩人中，只有他做到了這個位置。可以說是：詩人裡面官最大的，大官裡面詩最棒的。

張九齡的人生就是打怪升級的一生，總共可以分為兩大段：

找舉薦人　　　　　當別人的舉薦人

1. 找舉薦人

在唐朝，人們都管他叫「**嶺南第一人**」，翻譯過來就是：張九齡是廣東的驕傲。現在廣東人喜歡喝的涼茶都有**張九齡**牌的。

您看我，
一口氣吹五瓶……
喝撐了。

張九齡告老還鄉後，身體有點不舒服，就自己煮一些涼茶喝。後來人們為了紀念他，就管這種涼茶叫**張九齡**涼茶。

他為什麼會有這麼高的讚譽呢？

　　張九齡心裡明白，想要搞大事，就得傍大佬，蹭熱度，刷流量，多曝光。於是，他通過各種手段找大佬，想辦法讓他們給自己點讚。

　　其實不只有張九齡這麼做，當時很多詩人都幹過這樣的事情。

其中張九齡找到的最有威望的舉薦人是**張說**。這個張說是什麼段位呢？

　　在政壇，他當了三次宰相，號稱**開元名相**；在文壇，他執掌文壇三十年，號稱一代文宗，江湖人稱──

長安浩南哥

　　李白就曾經想要找張說幫忙提拔提拔，結果連張說的人都沒見到。

　　張說也確實有眼光，他看中的人，一般都錯不了。據說，他曾經特別喜歡一個叫**王灣**的，還提拔了人家做官。

王灣有一首〈次北固山下〉，特別有名，也是學生的必背名篇。

次北固山下

王灣

客路青山外，行舟綠水前。
潮平兩岸闊，風正一帆懸。
海日生殘夜，江春入舊年。
鄉書何處達？歸雁洛陽邊。

初中生必背古詩詞

據說張說特別喜歡這首詩，還把其中一句題寫到辦公室裡，從此王灣一炮而紅。

　　所以張九齡如果能得到張說的讚譽，轉發一下自己的微博，點讚一個朋友圈，那人生直接就 C 位出道。

　　而張九齡很幸運，張說很欣賞他，給了他很高的評價。於是，張九齡一炮而紅。

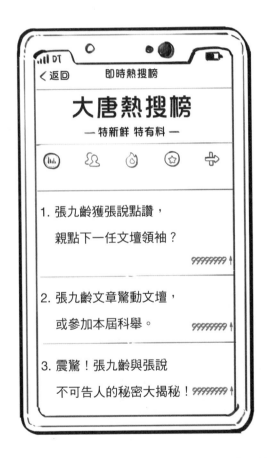

　　有了張說這座靠山，張九齡化身神輔助，成為張說最重要的參謀。

張九齡在才能上，是有真材實料的，到底「真到」什麼程度呢？據說張說都拿出家譜和張九齡認親。

　　不過後來張說「飄」了，幹了不少腦抽的事，張九齡勸他，他也不聽，結果被對手抓到把柄，皇帝一怒之下貶了張說的官，張九齡也受到連累，兩人作伴，雙雙被貶。

　　沒多久，張說就病死了，在臨死前還多次寫信給皇帝表達，張九齡是個人才，要好好重用。

2.當別人的舉薦人

張說死後沒多久，皇帝想起了張九齡，覺得這個小夥還是有點本事的，於是召他回來。這一次張九齡靠自己的才幹，一路逆襲，直到當上了宰相。

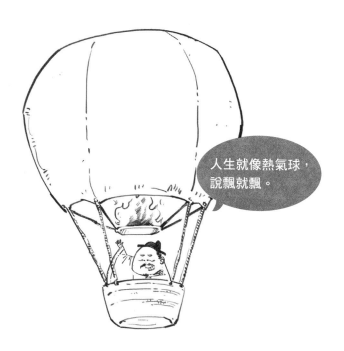

這時候的張九齡，活成了當年張說的模樣，一幫人天天惦記著他，想盡辦法，就想得到他的一句點評。其中最有名的當數孟浩然。

望洞庭湖贈張丞相

孟浩然

八月湖水平，涵虛混太清。
氣蒸雲夢澤，波撼岳陽城。
欲濟無舟楫，端居恥聖明。
坐觀垂釣者，徒有羨魚情。

初中生必背古詩詞

孟浩然寫這首詩，其實目的很簡單，就是希望張九齡能夠提拔一下自己，給自己也弄個公務員當當。

不止孟浩然一個人，王維、王昌齡等大詩人都曾這麼幹過，而且還不止一次。其中張九齡就提攜過王維。

人怕出名豬怕壯，張九齡火了之後，很多人是看不下去的，這時候，他遇到了一生之敵：

李林甫

成語口蜜腹劍，說的就是這位仁兄，意思是：嘴上說得很甜美，心裡卻想著害人，形容兩面派的狡猾陰險。

你個滿嘴跑火車的傢伙！

我才不怕你！

當時的皇帝是**唐玄宗**，年紀輕輕就幹了許多大事，然而歲數大了，開始尋歡作樂。張九齡是個耿直BOY，他覺得這麼搞，朝廷早晚完蛋，於是各種勸諫。

　　勸諫這種事，講究見縫插針，張九齡這個針插的，那叫一個無孔不入。傳說，唐玄宗跟張九齡下棋，基本上贏不了，於是唐玄宗一直跟張九齡下棋，張九齡就一直勸──

　　張九齡再三勸諫，唐玄宗也不聽，於是張九齡下棋時就故意讓唐玄宗「將軍」，自己的主帥不動，唐玄宗就問：這將軍呢，你怎不把主帥挪開？

　　於是張九齡說：「陛下，這下棋好比治國，主帥一動不動，各子再努力也白扯。」

　　而李林甫就不一樣了，他特別善於討好皇帝，順道說張九齡的各種不好，在張九齡的耿直勸諫＆李林甫的碎碎念之下，

　　唐玄宗終於忍不住了……

　　張九齡雖然被貶官了，但是，尼采說過：**任何不能殺死你的，都會使你更強大。**

　　張九齡遭逢一劫，壓抑很久的作詩天賦大爆發，在被貶之地，寫了一首思念自己老婆的詩，這首詩後來成為千古名篇。

> # 望月懷遠
>
> 張九齡
>
> 海上生明月，天涯共此時。
> 情人怨遙夜，竟夕起相思。
> 滅燭憐光滿，披衣覺露滋。
> 不堪盈手贈，還寢夢佳期。
>
> 小學生必背古詩詞

　　前四句的大意是：海上升起一輪明月，你我天涯相隔，卻共賞一輪月亮。情人怨恨漫漫長夜，徹夜無法入睡，苦苦思念。

　　後四句的大意是：睡不著怪誰呢？難道是屋裡燭光太亮了嗎？於是滅了燭光，披衣走出門庭，還是那麼明亮。相思不眠之際，有什麼可以相贈呢？一無所有，唯有滿手的月光，還不如入夢與你共歡聚。

同一時期，他還寫下了〈感遇十二首〉。由於篇幅關係，我們就說第一首，也是最有名的一首。

蘭葉春葳蕤，桂華秋皎潔。

欣欣此生意，自爾為佳節。

誰知林棲者，聞風坐相悅。

草木有本心，何求美人折？

——〈感遇十二首·其一〉

張九齡的詩留存的並不多，主要都是被貶後寫的，這些詩無不在突出自己高潔的品質，抒發詩人孤芳自賞、不求人知的情感。

　　張九齡還是個「預言家」，曾說安祿山必將謀反，可惜唐玄宗根本不聽。後來安祿山果然造了反，而張九齡在此前病逝，沒親眼看到國家山河破碎，也算是一種幸運吧。

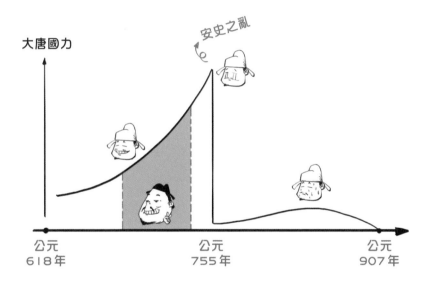

關於張九齡，我們就說到這裡。

六、邊塞詩派是怎麼煉成的

前面幾章，已經講了唐詩的崛起，以及初唐的兩位老大哥是如何帶節奏的，這回我們來嘮嘮：

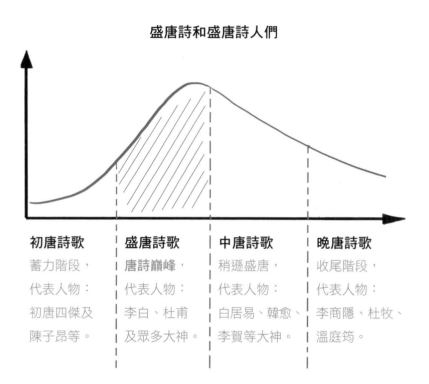

盛唐詩和盛唐詩人們

初唐詩歌	盛唐詩歌	中唐詩歌	晚唐詩歌
蓄力階段， 代表人物： 初唐四傑及 陳子昂等。	**唐詩巔峰**， 代表人物： 李白、杜甫 及眾多大神。	稍遜盛唐， 代表人物： 白居易、韓愈、 李賀等大神。	收尾階段， 代表人物： 李商隱、杜牧、 溫庭筠。

都說盛唐是唐詩的巔峰，這個時代啥都多，尤其是詩人。林子大了什麼鳥都有，詩人多了，就分出很多不同的流派：

浪漫主義

山水田園　　　　　　　　　　　現實主義

邊塞詩

這回我們就先來聊一聊邊塞詩派。

邊塞詩究竟是怎來的？

我們之前聊過，在唐朝，要想飛黃騰達做大官，有兩條道可以走：

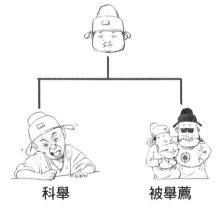

科舉　　　　　被舉薦

其實，還有一條向上爬的路，危險又刺激，那就是：

同樣是戰場上殺敵，現代玩家只能在遊戲裡過過癮，在唐朝，可以靠這個做大官。

這還得從當時的國情講起：在唐朝前期，幾個皇帝給力，攢了很多家底，社會安定，百姓生活品質特別高。

有詩為證：

> 憶昔開元全盛日，小邑猶藏萬家室。
> 稻米流脂粟米白，公私倉廩俱豐實。
>
> ——〈憶昔〉

這首詩是在說：盛唐是中國歷史上一個空前的盛世，國庫豐盈，社會十分安定，百姓的幸福指數高。

這人一有了錢就愛炫富，國家富強了，唐朝皇帝的花花腸子也多了起來。

> 怎樣才能花式炫富呢？

唐太宗以後的幾個皇帝，不約而同地開展一種消耗國力的活動：**打仗**。

> 你們不要猖狂，豆包也是乾糧！

　　　　　　　唐太宗進行了一系列反侵略戰爭，後來逐漸發展成了一種新的軍事行動——開邊，就是打仗占地盤的意思。

　　唐朝在各地設立了軍區，軍區長官被稱為節度使。他們不僅有兵，還能得到中央撥款，還做點小生意掙錢，更重要的是，他們都有一套自己的行政班底，在自己的地盤，完全就是自己說了算。

　　節度使管著幾個省的錢糧、百姓、軍隊，權力特別大，如果跟著節度使四處征戰，說不定就能立大功，成大事，當大官。

　　因此節度使不僅需要武將，還需要文人來搞搞行政，寫寫奏章什麼的。節度使麾下的文人也勉強算是個公務員，這就引來無數文人來到軍隊裡。

唐代的文人打仗不一定厲害，但寫詩肯定是一把好手，走到哪兒，寫到哪兒，啥都能寫成詩。這就發展出一種詩歌流派：

邊塞詩派

那邊塞詩派都寫什麼呢？

其實大致來說，就兩類：**邊塞景色和軍旅生活。**

如果再細分的話，寫邊塞景色也有不同的講究，比如這句就很寫實：

大漠孤烟直，

長河落日圓。

——〈使至塞上〉

廣闊的沙漠裡隱約可以看到廣闊的烽煙，黃河映照著落日，景象壯美遼闊。

也有的腦洞大開，想像奇特的：

燕山雪花大如席，

片片吹落軒轅台。

——〈北風行〉

雪下得很大，而且雪花比草席還大！當然，這是誇張啦。

對於軍旅生活，大家也都有方方面面的描寫。

比如，很神奇的日常生活：

> 白日登山望烽火，
>
> 黃昏飲馬傍交河。
>
> ——〈古從軍行〉

早上得到了遠方邊關的緊急軍情，傍晚就趕到了案發現場。還有戰鬥的慘烈：

> 百戰沙場碎鐵衣，
>
> 城南已合數重圍。
>
> ——〈從軍行〉

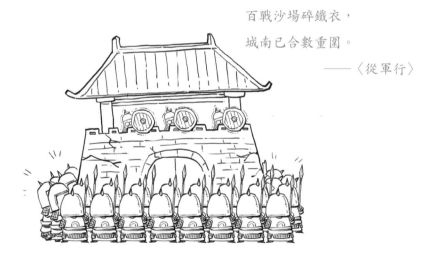

戰鬥殘酷，身上的鐵甲都碎了，敵人已經在南門重重包圍我們。

還有一種大家都很熟悉：**想家**。媽媽想兒子，老婆想丈夫，反正都不怎麼想打仗。

撩亂邊愁聽不盡，

高高秋月照長城。

——〈從軍行·其二〉

明月照我思故鄉。

邊塞詩派作為盛唐最重要的門派之一，他們留下來的詩多得驚人，其中高手輩出，比如：

王翰

　　王翰這個人，性格很浪很叛逆，一生都處在青春期，而且詩如其人：

涼州詞

王翰

葡萄美酒夜光杯，欲飲琵琶馬上催。
醉臥沙場君莫笑，古來征戰幾人回？

小學生必背古詩詞

真香！

打仗前喝那麼多酒，這裡面既有出征時的豪壯，也有對戰爭慘烈
的悲壯與無奈。

要說王翰是個奇葩，那有個比他還要奇葩的：

李頎

李頎這貨，本來就是寫邊塞詩的一把好手，他寫著寫著，發
現邊塞戰爭太慘烈，受了刺激，變成地地道道的和平主義者：

所以李頎的大部分邊塞詩，都是一個主題：**反戰**。

遼東小婦年十五，

慣彈琵琶能歌舞。

今為羌笛出塞聲，

使我三軍淚如雨。

——〈古意〉

出征前彈的琵琶曲，讓全軍將士失聲痛哭，反映了戰爭的殘酷與凶險。

再刺激一點的，乾脆指名道姓罵皇帝：

聞道玉門猶被遮，

應將性命逐輕車。

年年戰骨埋荒外，

空見蒲桃入漢家。

──〈古從軍行〉

蒲桃就是葡萄，這句意思是說漢武帝好大喜功，犧牲了無數人，結果啥都沒得到，就把葡萄這種水果從西域引進過來。

當然，還有一個人堪稱唐詩江湖的掃地僧，他就是──

王之渙

　　王之渙寫邊塞詩，有個得天獨厚的條件：他家就在邊塞旁邊。

　　當別的詩人擠破頭，跑到邊塞體驗生活的時候，王之渙晚飯後，出門遛個彎，登上附近的鸛雀樓，寫了一首詩：

登鸛雀樓

王之渙

白日依山盡，黃河入海流。
欲窮千里目，更上一層樓。

小學生必背古詩詞

一個4A級❶網紅景點就這麼誕生了。

　　一首五言絕句，通篇大白話，把祖國北方的河山，寫得宏偉壯麗，後兩句還融入了很深刻的哲理：**站得高才能看得遠**。

　　除了這首詩，還有一首大家耳熟能詳的：

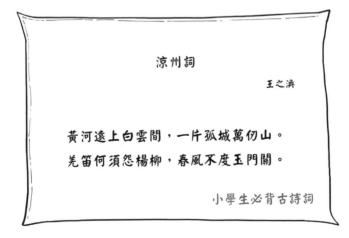

涼州詞

王之渙

黃河遠上白雲間，一片孤城萬仞山。
羌笛何須怨楊柳，春風不度玉門關。

小學生必背古詩詞

---

❶ 中國的旅遊景區品質等級。

孤獨的城堡，吹不到邊塞的春風，這些景象都明白地暗示著：**邊塞將士的思鄉之情。**

王之渙的詩只留下來了六首，首首精品，兩首必背。如果唐詩搞個排行榜，這兩首都能躋身前十，〈登鸛雀樓〉甚至被認為是前二的水準。所以，說他是唐詩江湖的掃地僧一點都不為過。

不過，他們都不能算邊塞詩派的「扛霸子」，那邊塞詩派的扛霸子是誰呢？

欲知後事如何，

且聽下章分解。

七、邊塞詩派代表（一）：
帶刀詩人高適

　　有人的地方就有江湖，有江湖的地方就有盟主，邊塞詩人多了，就會出現幾個特別厲害的，比如，邊塞詩派的「扛霸子」：

高適

　　高適是個人生贏家，作為一個職業軍人，打仗很在行；作為一個兼職詩人，邊塞詩寫得無人能比。

　　大部分詩人都比較落魄，沒想到高適憑著打仗的功勞，立了國家一等功，還被封了侯。

　　說到寫詩，高適也不像其他邊塞詩人那樣，只是搖搖筆桿子，而是借著幾十年的軍隊生活，講述了一個個非常接地氣的邊塞故事。

　　不過他也不是一開始就到達人生巔峰的。盛唐時期，高適混得一般般。後來發生了安史之亂，高適抓住機會，公雞變鳳凰。

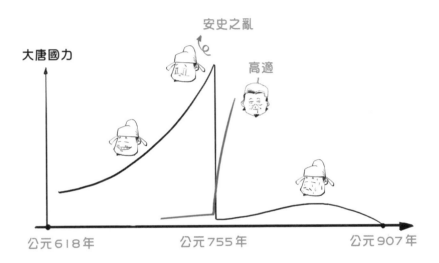

　　所以，高適的人生，我們也可以分成兩部分：

邊塞生活&安史之亂

Part 1　邊塞生活

　　高適的爺爺是開國大將高侃，不過到他這一輩，徹徹底底成了一個草根農民。

　　不過高適對功名利祿這事也不大感冒，打年輕時他就喜歡一件事：

高適這輩子去過三次邊塞，大部分代表詩作都是在第一次出塞時寫的。接下來我們就看看他三次出塞都幹了啥。

第一次出塞

　　第一次出塞的高適，覺得啥都很新鮮，寫了好多詩，都有啥內容呢？有邊塞地區的風土人情：

虜酒千鐘不醉人，
胡兒十歲能騎馬。

——〈營州歌〉

　　邊塞地區的美酒特別好喝，邊塞地區的少數民族也很豪爽，很小就會騎馬。

軍隊裡的日常生活：

幽州多騎射，
結髮重橫行。

——〈薊門行〉

　　北方邊塞的男兒，從小就喜歡騎馬射箭，縱橫馳騁。

不過高適最拿得出手的，還是邊塞的戰爭場面，比如他的代表作〈燕歌行〉：

燕歌行

高適

漢家煙塵在東北，漢將辭家破殘賊。
男兒本自重橫行，天子非常賜顏色。
摐金伐鼓下榆關，旌旆逶迤碣石間。
校尉羽書飛瀚海，單于獵火照狼山。
山川蕭條極邊土，胡騎憑陵雜風雨。
戰士軍前半死生，美人帳下猶歌舞。
大漠窮秋塞草腓，孤城落日鬥兵稀。
身當恩遇常輕敵，力盡關山未解圍。
鐵衣遠戍辛勤久，玉箸應啼別離後。
少婦城南欲斷腸，征人薊北空回首。
邊庭飄颻那可度，絕域蒼茫更何有。
殺氣三時作陣雲，寒聲一夜傳刁斗。
相看白刃血紛紛，死節從來豈顧勳。
君不見沙場征戰苦，至今猶憶李將軍。

中學生必背古詩詞

故事很老套，講的是好大喜功的皇帝，搭配腐敗無能的將領，最後敗得很慘。

不過這老套的故事放在高適筆下，馬上變得有深度，有層次，有意象，有感情。

接下來我們就看看，高適是怎麼講這個故事的。

　　第一層，為什麼要打仗？前面四句說得明明白白：背後有皇帝撐腰。

　　　　漢家煙塵在東北，漢將辭家破殘賊。
　　　　男兒本自重橫行，天子非常賜顏色。

當時唐朝和契丹族經常打仗，那會兒的契丹族還是個部落，建立遼國是後來的事了。

第二層，剛說完要去打仗，馬上就要開打了：

校尉羽書飛瀚海，單于獵火照狼山。

弟兄們，翻過這個山包子，就可以吃到驢肉火燒❶了！

一邊軍情緊急，一邊敵人大兵壓境，兩面對比，就給人一個感覺——緊張。

第三層，這仗是怎麼打的呢？

戰士軍前半死生，

美人帳下猶歌舞。

---

❶ 中國華北地區著名小吃。

　　這句詩裡，前線將士苦戰沙場和後方將領鶯歌燕舞作對比，揭露了邊塞將領的腐敗和輕敵。

　　第四層，有了這樣的將領，戰爭結果可想而知：**全軍覆沒。**可惜，年輕的將士再也見不到家人了。

少婦城南欲斷腸，
征人薊北空回首。

慘烈的結局和無能的將領，讓高適發出了最後一聲吶喊：

君不見沙場征戰苦，至今猶憶李將軍！

這裡的李將軍是漢代名將李廣，相傳他作戰勇猛，而且非常關心士兵。

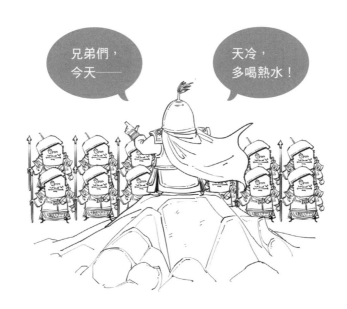

全詩裡，好大喜功的皇帝、腐敗輕敵的將領都沒什麼損失，反而是勇敢的士兵橫屍塞外，無法回家，可以說是非常深刻的諷刺了。

也正是因為故事這麼精彩，思想這麼深刻，〈燕歌行〉被評為邊塞詩第一。

高適的詩寫得是很好，但只是在邊塞打了圈醬油❷。第一次出塞回來，高適試著考了一下科舉，不出所料失敗了。

❷ 打醬油衍生意思有：能力不足、存在感低、事不關己、跑龍套等。

接下來該怎辦？

第二次出塞

落榜的高適很淡定，開始在國內四處窮遊，窮遊的時候還遇到了兩個好驢友❸：李白和杜甫。三個人玩得很開心。

遊玩回來的高適，被人舉薦做了個縣官。然而，做了官的高適，似乎並不開心——

> 拜迎長官心欲碎，
> 鞭撻黎庶令人悲。
>
> ——〈封丘作〉

---

❸ 旅友的諧音。

當官期間，高適又去邊塞出差了一回。官場沒有那麼好混，他既不願巴結上司，也不願壓迫百姓，於是乾脆辭職不幹。

辭了職的高適，似乎也不開心，有點迷茫，有點傷感，最重要的是他很窮。在這時，他寫下了這樣一首詩：

別董大（其一）

高適

千里黃雲白日曛，北風吹雁雪紛紛。
莫愁前路無知己，天下誰人不識君

小學生必背古詩詞

天色陰沉，大雪紛紛，北方的大雁正往南飛。在這令人惆悵的日子裡，也請你不要擔心自己的前途，因為你的才華已經家喻戶曉。

在送別朋友董庭蘭的詩裡，高適表現了一種非常豁達、樂觀的情懷。

　　不過大家千萬別被這首詩迷惑了，〈別董大〉一共兩首，在第二首裡，高適坦誠表示：自己確實很窮、很坎坷、很不開心。

六翮飄颻私自憐，
一離京洛十餘年。
丈夫貧賤應未足，
今日相逢無酒錢。
　　　　　　——〈別董大·其二〉

　　我離開洛陽已經十幾年，就像鳥兒一樣孤單無助。作為一個男子漢，誰會心甘情願這麼窮？可是我連今天喝酒的錢都掏不出來。

第三次出塞

再這麼下去，肯定沒前途，下一步，又該去哪裡呢？

高適就尋思，之前混得不好，是跟錯了大哥。於是，他乾脆換個老大，新老闆叫作**哥舒翰**，是個名將。

高適很受上司器重，在哥舒翰的帳下待了三年，日子也過得很滋潤。他相信總有一天他能出人頭地。

> 萬里不惜死，
> 一朝得成功。
> 畫圖麒麟閣，
> 入朝明光宮。
> ——〈塞下曲〉

在邊塞拼殺了這麼久，希望有朝一日能立下赫赫戰功，憑著戰功得到皇帝的賞識，把自己的頭像留在功臣紀念冊裡。

這樣過著過著，一不小心，高適已經五十多歲了，也沒有啥大的成就。不過這時候，發生了一件大事，徹底改變高適的一生。這就是**安史之亂**。

風口來了，
我要起飛了。

安史之亂既是大唐王朝的轉折點，也是高適人生的轉折點。

Part 2　安史之亂

話說當時有一個將領叫**安祿山**，特別會巴結皇帝，還認唐玄宗做了乾爹，唐玄宗對他寵愛得不行。

我兒子！

不但寵愛有加，玄宗居然還讓安祿山同時擔任三個地方的節度使。安祿山有了這麼大權力，馬上幹了一件事：**造反**。

這就是大唐帝國由強變弱的轉折點：

安史之亂

在安史之亂期間，高適一共做了三件事。

---

❹ 中國西安的小吃。

第一件事：守潼關

造反的安祿山很快就打到首都的東大門——潼關。唐玄宗慌了，趕快派哥舒翰去守潼關，高適也跟著一起去了。

本來哥舒翰堅守不出，安祿山也打不進去，沒想到唐玄宗的腦袋被驢踢了，非要哥舒翰出關決戰。結果輸得很慘，二十萬守軍一次性掛掉。

潼關丟了，叛軍很快就打到長安城。唐玄宗連褲子都來不及穿，就跑去四川避難。高適命大，從潼關逃了出來，追上了玄宗。

第二件事：頂撞玄宗

　　高適見到玄宗，不由分說地頂撞了他一把：

　　唐玄宗確實宅在了四川，不過他沒有全聽高適的，他把太子**李亨**派到了西北，另一個兒子永王**李璘**派去了江南。

果不其然，先是太子李亨自己稱帝，然後李璘不服氣，乾脆也造反了。

唐玄宗的腦子沒救了，剛剛當上皇帝的李亨，倒是看上高適的才幹，給了高適一個重要任務。

第三件事：平定永王李璘叛亂

當時北方烽火連天，李璘所在的江南一帶太平無事，是朝廷的錢袋子，相當地重要。高適只用一年的時間，就平定了叛亂，證明自己的實力。

安史之亂快結束的時候，高適當上了四川的節度使，後來去朝廷做大官直到退休。從一個草根到一個網紅詩人，再到朝廷棟梁，高適可以說是個妥妥的人生贏家。

欲知後事如何，

且聽下章分解。

八、邊塞詩派代表（二）：
七絕聖手王昌齡

話說上一章我們聊到了邊塞詩人的扛霸子——

其實邊塞詩派是個大門派，這裡高手如雲，比如：號稱**七絕聖手**的邊塞老王——

王昌齡

雖然詩出同門，但王昌齡和高適的風格還是大大不同的。

高適愛講故事，善於把邊塞的愛恨情仇娓娓道來，比如代表作〈燕歌行〉。

而王昌齡是個攝影愛好者，善於寫景，然後把自己的情感蘊含在寫景當中。

還記得國文課中學的嗎？

老王的一生大致分為三段：

Part 1　龐克少年

　　王昌齡生在山西，年輕時就是一個龐克少年，不走尋常路：同齡人忙著考進士，他偏要去嵩山當道士。

　　但他在道士圈清心寡欲地混了幾年就膩了。於是，王昌齡猶如脫韁的野馬跑到塞外撒歡。

在邊塞的這些日子，王昌齡長年被壓抑的天性一下就迸發出來，寫了很多非常有名的邊塞詩。

從軍行（其四）

王昌齡

青海長雲暗雪山，孤城遙望玉門關。
黃沙百戰穿金甲，不破樓蘭終不還。

小學生必背古詩詞

詩只有短短的四句，其實琢磨起來大有深意。

比如前兩句**「青海長雲暗雪山，孤城遙望玉門關」**其實描繪的是這麼一個畫面：

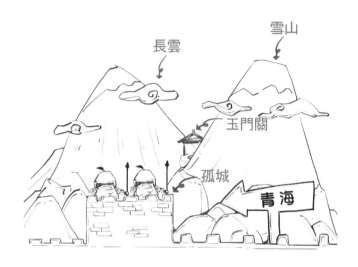

不只是邊塞壯麗的景色，**孤城**和**遙望**兩個詞，完美表現了邊塞的環境險惡，邊塞將士的生活孤獨艱苦。

到這還沒完，後兩句**「黃沙百戰穿金甲，不破樓蘭終不還」**還講到：不止生活艱苦，戰爭也非常多，非常慘烈。

慘烈到什麼程度呢？

即便生活艱苦，環境險惡，戰爭慘烈，將士們也沒有退縮，而是發出**不破樓蘭終不還**的吶喊。

這首詩沒有直接抒情，而是把情感融入景物，展現了大唐將士堅強勇敢的素質。

接下來我們整一首盛唐流行音樂Top3：

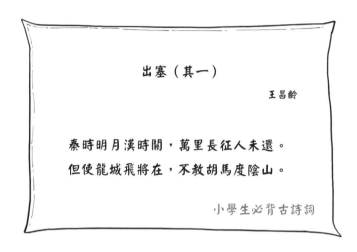

> ## 出塞（其一）
>
> 王昌齡
>
> 秦時明月漢時關，萬里長征人未還。
> 但使龍城飛將在，不教胡馬度陰山。
>
> 小學生必背古詩詞

開頭兩句「**秦時明月漢時關，萬里長征人未還**」描繪了一幅超級悲涼慘烈的景象：

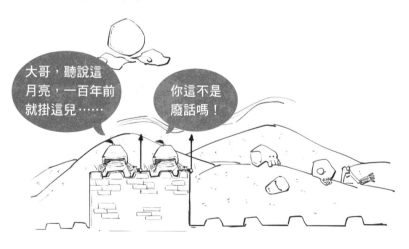

這兩句話其實是在説，持續了數百年的邊塞戰爭，沒有幾個人活著回來。

後兩句裡的**龍城飛將**，**龍城**指的是龍城之戰成名的**衛青**，**飛將**指的是外號飛將軍的**李廣**，這兩人作戰勇敢，而且關愛將士。

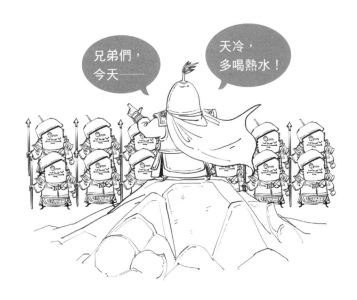

人們懷念衛青、李廣，其實是盼望有才能的將領，保衛邊疆，使人民可以和平安定地生活。這是世世代代中原人民的共同願望。

因為場景宏大、思想深刻，〈出塞〉成為了王昌齡的代表作，在唐代七絕詩裡排名第一。

在邊塞待了幾年，眼看老大不小了，30歲的老王開始考慮未來的出路，於是來到首都長安參加科舉，一下就考中進士。

接著老王被安排到國家圖書館，當了管理員。按理說，一般人這輩子就這麼被安排了，可是——

Part 2　一貶再貶

可是老王不走尋常路，不怎麼安分，剛幹了沒幾年，就因為說話太直，得罪朝廷裡的權貴。

先是被貶到南京當副市長，後來又被貶到了廣東。

從中央調到偏僻的南方，老王有點抑鬱，朋友來看望他的時候，他表現出了一點小傲嬌：

芙蓉樓送辛漸（其一）

王昌齡

寒雨連江夜入吳，平明送客楚山孤。
洛陽親友如相問，一片冰心在玉壺。

小學生必背古詩詞

　　因為江南偏僻，而且好久沒有見過以前的朋友，有朋友自洛陽來，王昌齡表達出對他們熱切的思念。

冰心玉壺的典故，出自南北朝詩人鮑照的詩：

　　直如朱絲繩，

　　清如玉壺冰。

　　晶瑩的玉壺裝著剔透的冰塊，比喻自己**純得不能再純**，就**差變成小透明了**。這個典故，也因為王昌齡這句詩而廣為流傳。

Part 3　濃濃友情

　　被貶的時光雖然慘淡，但也有讓人開心的時候。比如，老王遇到了當時的兩個頂級網紅詩人，**李白和孟浩然**。

　　老王先去拜訪了**孟浩然**。後來的事實證明，這次的拜訪是個**悲劇**。

　　據說孟浩然當時得了一種病，有忌口。又因為和王昌齡一起喝高了，吃下醫生不讓吃的東西，然後就……掛了。

　　老王還遇到同樣不怎麼開心的李白，兩個人很開心，一起浪了很久，成了至交。後來，老王被再再再一次貶到湖南龍標的時候，李白馬上寫了一首詩來安慰他：

聞王昌齡左遷龍標遙有此寄

李白

楊花落盡子規啼，聞道龍標過五溪。
我寄愁心與明月，隨君直到夜郎西。

中學生必背古詩詞

　　在這楊花飄落、杜鵑啼叫的春天，突然聽說好朋友老王被貶到了遙遠的湖南。老王啊老王，我把對你的思念託付給明月，希望它能一路陪著你，讓你開心些。

好想你　好想你　好想你　好想你
真的好想你

就這樣，王昌齡和李白這段感情，也成為了詩人中的佳話。

因為在官場一直混得不怎樣，後來王昌齡索性辭官回老家，過上退休生活，但日子也沒多安生。有一回，他出門旅遊路過安徽，地方長官嫉妒他的才能，把他殺害，老王就這樣結束了一生。

我們來總結一下：

　　雖然王昌齡在官場混得不怎樣，但是他的邊塞詩，卻完美展現了盛唐時期邊塞生活的方方面面。

美景

玉門山嶂幾千重，
山北山南總是烽。

邊塞好多山！

思鄉

撩亂邊愁聽不盡，
高高秋月照長城。

明月照我思故鄉。

戰爭

表請回軍掩塵骨，
莫教兵士哭龍荒。

請好好安葬死去的將士。

勝利

前軍夜戰洮河北，
已報生擒吐谷渾。

昨天出發，今天大勝！

王昌齡非常注重透過周圍的景物描寫，來烘托氛圍，表達感情，這就是傳說中的「情景交融」。這對中晚唐詩歌的影響也很深。

不過，大家可以猜猜他是誰？

九、邊塞詩派代表（三）：
戲精詩人岑參

還記得我們上章提到的小鮮肉嗎？

這人就是大名鼎鼎的邊塞詩人**岑參**。

他和**高適**、**王昌齡**一樣有名氣。

不過，岑參寫詩的風格，和高適、王昌齡都不一樣，他的詩，用四個字概括就是：**雄奇瑰麗**。

先來查一查這兩個詞啥意思：

雄奇：雄偉奇特

瑰麗：奇特絢麗

　　說白了，岑參是個戲精，腦洞開得很大，把邊塞的風光人物描寫得非常奇特壯觀，寫出了「哈利波特」的味道。

　　接下來，我們就來聊一聊，岑參這位戲精詩人的養成記。

Part 1　年少聰明

岑參祖上很顯赫，一共出過3個宰相，但是因為政治鬥爭，加上爹死得早，小時候家裡很窮。

不過岑參非常聰明，也很勤奮，5歲開始讀書，9歲就會寫詩。

這段勤奮學習的時光，也為他後來
能寫出那麼多邊塞名篇，奠定了基礎。

　　20歲的時候，書讀得差不多，岑參跑到長安，想找權貴舉
薦當官，結果失敗了。接著他去北方窮遊了幾年，也沒啥收穫。

　　一般來說，血氣方剛的年輕人，總想幹大事。為此，岑參選
了一條路：

接下來……

Part 2　兩次出塞

第一次出塞，岑參跑到了新疆，跟了名將高仙芝。不過高仙芝那裡貌似沒前途，以致岑參天天想家。

逢入京使

岑參

故園東望路漫漫，雙袖龍鍾淚不乾。
馬上相逢無紙筆，憑君傳語報平安。

中學生必背古詩詞

給我老婆捎個口信：
我還活著。

待不到兩年，岑參就回了長安，遇到了很多玩得來的小夥伴，比如李白、高適、杜甫。

不過，太平日子過久了，岑參又開始懷念邊塞生活：

> 功名只向馬上取，
>
> 真是英雄一丈夫。
>
> ——〈送李副使赴磧西官軍〉

真正的人生成功，還是要在邊塞才能實現。

就這樣，岑參又第二次跑到了大西北，跟了另一個名將——好朋友封常清，小日子過得還不錯。

也就是這段時間，岑參開足了腦洞，寫出一大堆雄奇瑰麗的詩篇。

比如，我們在課本學過的：

走馬川行奉送封大夫出師西征

岑參

君不見走馬川行雪海邊，平沙莽莽黃入天。
輪台九月風夜吼，一川碎石大如斗，隨風滿地石亂走。
匈奴草黃馬正肥，金山西見煙塵飛，漢家大將西出師。
將軍金甲夜不脫，半夜軍行戈相撥，風頭如刀面如割。
馬毛帶雪汗氣蒸，五花連錢旋作冰，幕中草檄硯水凝。
虜騎聞之應膽懾，料知短兵不敢接，車師西門佇獻捷。

中學生必背古詩詞

第一層：邊塞風光神奇壯麗。

君不見走馬川行雪海邊，平沙莽莽黃入天。
輪台九月風夜吼，一川碎石大如斗，隨風滿地石亂走。

第二層：軍中生活艱苦惡劣。

匈奴草黃馬正肥，金山西見煙塵飛，漢家大將西出師。
將軍金甲夜不脫，半夜軍行戈相撥，風頭如刀面如割。
馬毛帶雪汗氣蒸，五花連錢旋作冰，幕中草檄硯水凝。

說白了，就是風大，天兒冷。

懂了，多喝熱水。

這裡透過邊塞艱苦的生活，反襯唐軍將士的勇猛堅強。那麼面對他們，敵人是啥反應呢？

第三層：戰鬥勝利。

虜騎聞之應膽懾，料知短兵不敢接，車師西門佇獻捷。

　　在這首詩裡，岑參對邊塞的景色和生活，都描寫得非常到位，而且全詩都充滿了正能量。

接下來，我們再來看一篇腦洞開得更大的：

白雪歌送武判官歸京

岑參

北風卷地白草折，胡天八月即飛雪。
忽如一夜春風來，千樹萬樹梨花開。
散入珠簾濕羅幕，狐裘不暖錦衾薄。
將軍角弓不得控，都護鐵衣冷難著。
瀚海闌干百丈冰，愁雲慘淡萬里凝。
中軍置酒飲歸客，胡琴琵琶與羌笛。
紛紛暮雪下轅門，風掣紅旗凍不翻。
輪台東門送君去，去時雪滿天山路。
山回路轉不見君，雪上空留馬行處。

中學生必背古詩詞

首先，這首詩描寫了下雪的場面，其實就兩個字：**大和冷**。

北風卷地白草折，胡天八月即飛雪。

忽如一夜春風來，千樹萬樹梨花開。

散入珠簾濕羅幕，狐裘不暖錦衾薄。

將軍角弓不得控，都護鐵衣冷難著。

這裡把大雪比作樹上的梨花，表現出雪大，而且下得很突然。

接著，就是送別宴的場面描寫。

> 瀚海闌干百丈冰，愁雲慘淡萬里凝。
> 中軍置酒飲歸客，胡琴琵琶與羌笛。

前兩句寫出雪景的宏偉壯麗，後兩句則體現了送別的時候很熱鬧。

最後，朋友走了。

紛紛暮雪下轅門，風掣紅旗凍不翻。

輪台東門送君去，去時雪滿天山路。

山回路轉不見君，雪上空留馬行處。

〈白雪歌送武判官歸京〉，因為把邊塞景色寫得奇偉瑰麗，成為岑參的代表作。「**忽如一夜春風來，千樹萬樹梨花開**」，也成了描寫雪景的千古名句。

當然，光會寫詩不行，還要想辦法混進官場。過了一年多，岑參打算回長安做官，也就是這一年，**安史之亂**爆發了。

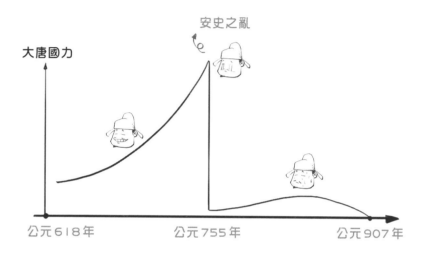

Part 3　一貶再貶

但安史之亂並沒有給岑參帶來好運氣。經好朋友杜甫推薦，岑參當了專給皇帝提意見的小官，結果這傢伙性子太直，還真的提了意見……

就這樣，岑參先被安排到河南，然後再被安排到了四川。這樣一貶再貶，他自然不開心。

過了幾年，乾脆辭了官，還寫了一篇〈招北客文〉發發牢騷。不久，就不開心地病死在四川。

關於岑參，我們就說到這裡。

十、山水田園詩派代表（一）：錯失機會的孟浩然

咱們之前講了幾位邊塞派的大佬詩人，現在咱們開始介紹另一大門派：**山水田園派**。

古人這麼玩命讀書是為了啥呢？總結起來主要就兩字：**當官**。

不想當官的讀書人，不是好的讀書人。

但當官哪有那麼容易？總有一些人當不上或者當膩歪了，然後他們就會選擇**隱居**，每天遊山玩水搞搞農家樂，這些人寫出來的詩都是**山水田園詩**。

所以，山水田園派和隱居有密不可分的關係。

下面，我們就來介紹一位山水田園派的詩人，李白曾寫詩讚美他：

高山安可仰，徒此揖清芬

大意是：此人品格如山，形象如花，仰望他會閃瞎你的雙眼，你只能膜拜他。

這個神一般的男人，就是今天我們要談的詩人：

孟浩然是個經歷簡單的BOY，一生基本上都在隱居。

當然，他也不總宅著，除了隱居，一生還有這兩種狀態：

出遊＆找工作（求官）

三種狀態各種切換，就是孟浩然的一生。

狀態一：隱居

少年孟浩然是個乖學生，名字都是跟著聖人**孟子**起的。

「浩然」二字取自**孟子**的「吾善養吾浩然之氣」，因為老爹認定自個兒是孟子後代。

像這種跟古代名人攀親戚的事特別常見，比如劉大耳同志。

望子成龍的老爹盼他考科舉出人頭地。孟浩然也算牛，17歲就在當地考試中嶄露頭角。

然而某一天，孟浩然去家對面的**鹿門山**逛了一圈，看著那山、那水、那野花……

　　回家後，孟浩然寫下無數詩篇。其中，一個美好的身影常常出現⋯⋯

　　別想歪了，他其實是——

　　龐德公，東漢第一死宅，不，隱士。他拒絕了所有的出山請求，在鹿門山隱居而終，是孟浩然心中的第一男神。

為了追隨男神的腳步，孟浩然決定：

我也要隱居！

他隱居在鹿門山的時候，寫下不少名篇，也形成了他特有的詩歌風格：**清新自然**。

比如，打小就會背的——

春曉

孟浩然

春眠不覺曉，處處聞啼鳥。
夜來風雨聲，花落知多少。

小學生必背古詩詞

　　孟浩然想說的是：春天就是適合睡覺，我不想、我不想、我不想起啊！

狀態二：漫遊

除了日常隱居以外，孟浩然還會出去走走，光江浙滬包郵區❶就去了三次，還寫下不少詩。

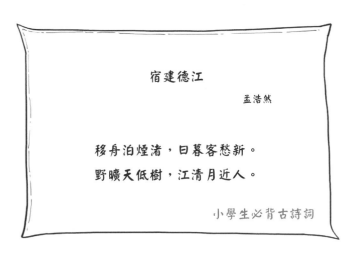

大意是：在異鄉的我心裡愁啊，看啥都慘兮兮的。

---

❶ 江浙滬包郵區為中國網路購物出現的新名詞，該區通常列入免運費範圍，因為此地區經濟發達、購買能力強，且交通十分便捷，單件的快遞成本因而較低廉。為了刺激消費，許多商家都打出江浙滬地區包郵的宣傳口號。

　　孟浩然性格豪爽，人緣特別好，一路結交無數好友，感情也全寫詩裡了。

> 遊人五陵去，寶劍值千金。
> 分手脫相贈，平生一片心。
>
> ——〈送朱大入秦〉

大意是：這價值千金的大寶劍，「啪」的一下我就拿出來送朋友。

這些詩主要都是些送別詩，各種的送你離開千里之外：

送謝錄事之越

送張祥之房陵

送吳悅遊韶陽

鸚鵡洲送王九之江左

高陽池送朱二

送辛大之鄂渚不及

送陳七赴西軍

送桓子之郢城禮……

這些好友之中，有不少大咖，比如李白、王維、王昌齡。

狀態三：找工作

對當時的文人來說，沒當過官的人生是不完整的，孟浩然也不能免俗，他也有個夢想：

找工作，當大官！

當時要當官，有兩條路：

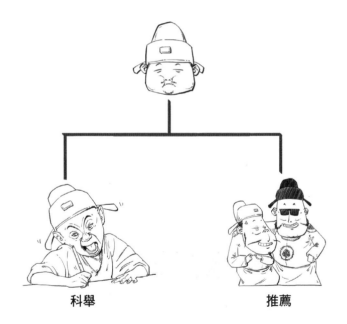

科舉　　　　　　　　　　　推薦

孟浩然兩條路都走過。他給大官張九齡遞過「求職信」。

八月湖水平，涵虛混太清。

氣蒸雲夢澤，波撼岳陽城。

欲濟無舟楫，端居恥聖明。

坐觀垂釣者，徒有羨魚情。

——〈望洞庭湖贈張丞相〉

孟浩然想說的是：張大大，求給個點評啊！

也曾豁出去，賭上自己的名譽和實力，參加了科舉考試。可惜沒考上。

孟浩然沒能實現當官夢，但其實有好幾次，他離當官都只有**一步之遙**，只是……

下面請欣賞：

《生命中逝去的那些機會》。

Round 1　曾經有一個皇帝站在我面前

據說有一次孟浩然和王維正在商業互吹，唐玄宗突然來了！

這時候一般人都會想：**機會來了！**

孟浩然一激動……就直接鑽床底下去了。

躲是躲不過去的，孟浩然最終還是被拽出來了，唐玄宗要求他吟詩一首。這時候一般人又會想：

機會又來了！
馬屁拍得好，工作沒煩惱！

於是，孟浩然張口就來——

北闕休上書，
南山歸敝廬。
不才明主棄，
多病故人疏。

這幾句的大概意思是：以後不給朝廷上書了，我要回家隱居去。我也沒啥本事，所以皇上也不要我；年邁多病，朋友也疏遠了我……好慘哪！

唐玄宗一聽，血壓就上來了：What？你連個簡歷都不投，沒工作怪我嘍？於是火力全開，把孟浩然一頓diss❷。

（以下場景純屬虛構）

呦～呦～
你明明想隱居，
卻說被我放棄，
純屬毀我名譽，
別說你其實就想拍個馬屁，
活該你懷才不遇。

總之，馬屁拍在馬蹄子上，於是孟浩然錯過了一次機會。

---

❷ diss是英文disrespect之意，表示不尊敬、輕蔑、無禮。

Round 2　曾經有一個大官站在我面前

　　在人人都想靠舉薦當官的盛唐，有一位著名的舉薦人，他就是大官韓朝宗。這位腿模（大咖），他連李白都看不上，卻對孟浩然迷之欣賞。

　　這位韓大人跟孟浩然約好，帶他去拜碼頭，可是到了約定的那天，孟浩然和朋友喝酒談詩，居然……

喝大了

被放了鴿子的韓朝宗憤怒離去，孟浩然再次錯失良機。

流年不利的孟浩然心灰意冷，而他選擇的療傷方式就是，回到**狀態二**：出去漫遊。

李白那首著名的〈送孟浩然之廣陵〉，就是在孟浩然找工作失敗後，為孟浩然送行而寫的。

故人西辭黃鶴樓，煙花三月下揚州。

孤帆遠影碧空盡，唯見長江天際流。

——〈黃鶴樓送孟浩然之廣陵〉

孟浩然要去揚州，他在黃鶴樓這裡向我辭行，我看著他的身影漸漸消失，最後只剩下長江在天邊奔流。

或者直接回到**狀態一**：回家隱居。

不過，農家有農家的快樂，孟浩然用詩歌描述了質樸閒適的農家生活：

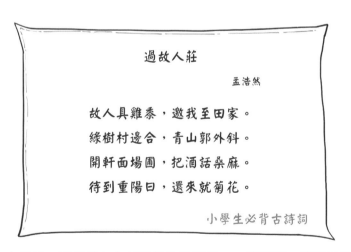

過故人莊

孟浩然

故人具雞黍，邀我至田家。
綠樹村邊合，青山郭外斜。
開軒面場圃，把酒話桑麻。
待到重陽日，還來就菊花。

小學生必背古詩詞

大意是：和好朋友在村子裡吃吃喝喝，一邊喝酒一邊看風景，好痛快！

　　雖然孟浩然宅在山裡，也不妨礙和朋友一起窮開心，**李白**來了，和他一起喝酒談詩，記錄下了又双叒叕❸**喝大了**的老孟頭。

> 吾愛孟夫子，風流天下聞。
> 紅顏棄軒冕，白首臥松雲。
> 醉月頻中聖，迷花不事君。
> 高山安可仰，徒此揖清芬。
>
> ──〈贈孟浩然〉

李隆基！

磨嘰嘰！

　　李白是想說：孟夫子超灑脫的！孟夫子喝酒超帥氣！孟夫子品格第一！

---

❸ 又双叒叕為中國網路用語，以多個「又」疊放來表示一件事情相當頻繁、反覆不定、變來變去的意思。

王昌齡也來了，雖然此時孟浩然背上生疽，飲食有禁忌，可酒過三巡，孟浩然居然又**喝大了**。

據說還吃起了不該吃的東西……
結果，**走了**。

這次相聚成為永別，孟浩然時年52歲。

這可能是吃貨特有離場方式吧。

最後，我們來簡單地總結一下。

在盛唐詩壇，山水田園詩派是個大門派，王維和孟浩然是這一派的扛霸子，江湖人稱——

王孟

那孟浩然的山水田園詩到底好在哪裡呢？

1. 清新自然

　　由於有長期的隱居體驗，孟浩然寫的田園生活都很自然，純天然毫無 PS 痕跡，讀起來很親切。

> 純天然，不添加
> 任何防腐劑。
> 你值得擁有。

　　行至菊花潭，村西日已斜。
　　主人登高去，雞犬空在家。

—— 〈尋菊花潭主人不遇〉

大意是：主人放我鴿子，只剩下我和家裡的雞、狗大眼瞪小眼。

沒有什麼修辭和描繪，簡簡單單，很自然地展現了一幅清新自在的田園圖景，很日常，卻充滿著情趣。

2. 水墨畫式的意境美

孟浩然寫詩注重整體，而不過分關注細節，線條簡單，稍稍暈染，卻韻味深沉。

王維的詩

如色澤豐富的油畫

孟浩然的詩

更像是中國水墨畫

比如〈春曉〉。簡筆勾勒，沒有細緻地描繪，而是注重整體的意境讓這首詩產生生命力，這樣就更能打動人。

春眠不覺曉，處處聞啼鳥。
夜來風雨聲，花落知多少。

——〈春曉〉

還有讓許多文人傾倒的：

微雲淡河漢，疏雨滴梧桐

　　這兩句詩的大意是：天上點綴著幾抹微雲，讓銀河都變得稍許暗淡，稀稀疏疏的雨點，滴落在梧桐葉上。

　　輕描淡寫，不事雕琢，像一個淡妝素服的美女，富有自然美。

　　都說詩如其人，孟浩然的詩率真，
　　可以說是——

十一、山水田園詩派代表（二）：佛系詩人王維

話說李白瀟灑飄逸，號稱**詩仙**；杜甫憂國憂民，就像聖人一樣，號稱**詩聖**。在眾多名號中，有一股清流：

請叫我：
摩詰座居士。

他就是**王維**，

江湖人稱：**詩佛**

　　王維不僅外號佛系，連**名**和**字**都很佛系。他的名「**維**」，字「**摩詰**」，連起來就是「**維摩詰**」，意思是以**潔淨**、**無垢**而著稱的人。

山水田園詩人
那麼多，為啥
他是代表？

我知道他是
山水田園詩
派的代表。

知道王維的人很多，瞭解他的人卻很少。在很多人眼裡，王維只不過是**一個詩人**。

如果只談詩歌的**藝術造詣**，王維的詩完全就是一套**唐詩寫作指南**。

舉個例子，《紅樓夢》裡有個著名的橋段：**香菱學詩**。香菱拜黛玉為師學詩，黛玉甩給她一本**《王摩詰全集》**，還說，想要學詩——

先讀透100首王維的詩。

王維的山水田園詩寫得極好，形成了獨特的風格，想要瞭解個中奧秘，還得從他的人生說起。

王維歷經各種大風大浪後，得到的不是酸爽，而是——

一開始王維其實是個陽光少年，結果經歷得太多，不得已被佛系了。如果非要給王維的人生分階段，大致可以分為三個階段：

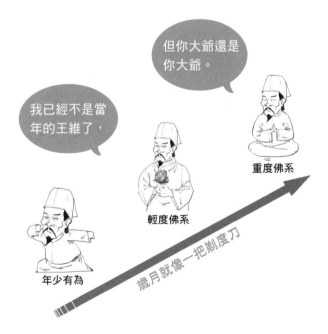

1. 年少有為

　　唐朝是個拼爹的時代,王維出身望族:**太原王氏**。他是個少年天才,9歲就會寫詩,從小就有當官的想法。15歲時,王維就來到京城長安考試,做了「長漂」。

誰憐越女顏如玉,

貧賤江頭自浣紗。

——〈洛陽女兒行〉

　　王維借這首詩感傷英雄無用武之地,慨歎人生貴賤的偶然性,還表達了他想要當官的願望。

　　長期漂泊在外的人都會想家，年輕的王維也不例外。在17歲那年的重陽節，他寫下了一首思鄉的詩：

> 獨在異鄉為異客，每逢佳節倍思親。
> 遙知兄弟登高處，遍插茱萸少一人。
>
> ——〈九月九日憶山東兄弟〉

這裡不是我的家，我的家鄉沒有霓虹燈。

他想表達的是：**長漂孤獨寂寞冷，我真的好想好想家。**

溫馨提示：

　　在古代，山東一般是指在山的東面。這首詩中的山東，指的是詩人在華山東面的家鄉，位於今天山西省內。

想家歸想家，日子還得接著混，而且王維這個人——

長相帥比吳彥祖，畫畫賽過鳥山明[1]，
彈唱不輸周杰倫，文才碾壓混子哥！

所以他很吃得開，特別受王公貴族的待見，沒多久就一舉混入貴圈，跟上流社會打成一片。

雖然在貴圈混得風生水起，但王維並不是個只會討好奉承的人，該噴的照噴不誤。據說當時有一位王爺強娶別人的妻子，王維知道後，就敢寫詩吐槽王爺。

---

[1] 鳥山明：日本漫畫家，代表作《七龍珠》。

莫以今時寵，難忘舊日恩。

看花滿眼淚，不共楚王言。

——〈息夫人〉

這首詩，王維其實是想說，**王爺毫無人性，就知道濫用權力霸占人妻**。

這裡借用**息夫人**的典故諷刺王爺。息夫人是春秋著名美女，息國國君的夫人。後來息國被楚國滅亡，楚王強娶了息夫人，但息夫人自始至終不願意與楚王說一句話。

不過王維始終不忘自己的目標：**當大官**。這就得參加科舉，當時的科舉就是作文大比賽，只是好壞全憑考官對考生的印象。

小子，無名小卒是沒有資格做官的。

要想拿好成績，就得多炒作。因此在唐朝，特別流行到處找大佬點評，很多人都希望借機一炮而紅。

有一種說法是，王維人緣好，生活沒煩惱，後來年僅21歲的王維中了進士，當了官。

升官發財，
so easy。

關於王維科舉還有一個版本，說他中狀元的時候其實是31歲。

傳說王維通過各種關係，見到了玉真公主。玉真公主看完王維的詩，驚呼：

這是你寫的？我還以為是古人寫的。

　　古人認為老祖宗寫的東西都是極好的，所以這是對王維極大的讚美。

　　不久後，王維就被內定為那一屆的科舉狀元。

　　十多年後，還是這位公主親手捧紅了另外一位天才，那就是**李白**。

　　不過人生要是太順利，王維就寫不出那麼多詩了，好詩都是憋屈出來的，於是他的下半生開始了。

2. 輕度佛系

　　就在王維覺得自己要起飛的時候，萬萬沒想到，他手下小弟犯了事，連帶著他也被貶官……

滾！

　　有些學者認為，王維其實是權力鬥爭的替罪羊。

一貶回到解放前，王維看透了官場，開始變得有些佛系，後來索性辭官，有時隱居，有時閒逛。**據說**這個時候他逛到了吳越之地，並留下多首膾炙人口的詩。

據說他在這裡碰到了同樣是搞音樂的老朋友**李龜年**，並寫了這首〈江上贈李龜年〉送給對方，這首詩還有另外一個名字：〈相思〉。

> 紅豆生南國，春來發幾枝。
> 願君多採擷，此物最相思。
>
> ——〈相思〉

這是王維在借用**紅豆**表達對朋友的思念。紅豆在古代被當作思念的象徵，所以也被稱為「**相思子**」。

後來王維回朝做了官，這時的他已到中年，不久，他的**妻子**去世了，兩個知己**孟浩然**和**張九齡**也先後離世。因此，他開始變得更加佛系。

　　後來，佛系王維被安排到邊塞慰問邊防軍，在前往邊塞的途中，他寫下了：

> 單車欲問邊，屬國過居延。
> 征蓬出漢塞，歸雁入胡天。
> 大漠孤煙直，長河落日圓。
> 蕭關逢候騎，都護在燕然。
>
> ——〈使至塞上〉

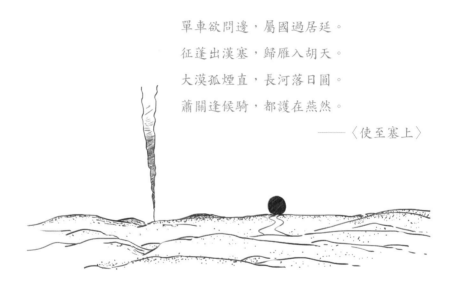

這首詩主要講的是：詩人出塞時看到的壯麗景色。

　　這期間，王維寫下了大量的邊塞詩，由於篇幅關係，我們就不多聊了。

3. 重度佛系

從邊塞回來後，王維決定把佛系進行到底。在一首贈友詩裡，王維寫道：

晚年唯好靜，萬事不關心。

自顧無長策，空知返舊林。

松風吹解帶，山月照彈琴。

君問窮通理，漁歌入浦深。

——〈酬張少府〉

> 大神，快告訴我
> 如何才能成為人
> 生贏家。

張少府向他請教成功學，他含糊其詞，轉而說：不如一起歸隱。有人認為這是王維不問世事，也有人說他這是官場老油條的表現，故意打官腔。

這時當官對王維來說，只是一張長期飯票而已，他心思都放在修別墅上，過上了帶薪隱居的生活。

這座別墅可不是一般的別墅，它在歷史上是十分有名氣的，被稱為「**輞川別墅**」。

這裡大大小小二十多處景區，與其說是房子，倒不如說是一個超大規模的自然景區。

和許多人隱居是因為沒得選不同，王維其實在官場混得還是很不錯的，他的隱居是一種內心的歸隱。

在輞川別墅裡，王維創作了**《輞川集》**。《輞川集》收錄有王維及其友人的詩歌各20首，記錄了在輞川別墅生活的點滴，都是山水田園詩。比如：

> 獨坐幽篁裡，彈琴復長嘯。
> 深林人不知，明月來相照。
>
> ——〈竹里館〉

在王維的詩中，「**坐**」是一個出現頻率很高的字，出現了30次左右，這源自王維的信仰：佛教。他有個坐禪入定的習慣，喜歡坐觀物化。

再比如：

> 不到東山向一年，歸來才及種春田。
>
> 雨中草色綠堪染，水上桃花紅欲然。
>
> 優婁比丘經論學，傴僂丈人鄉里賢。
>
> 披衣倒屣且相見，相歡語笑衡門前。
>
> ——〈輞川別業〉

「歸」是山水田園派最愛用的字，王維的詩中出現了130次左右的「歸」字，這反映了詩人想要歸園田居的情緒。

從這時起，王維的詩充滿了**禪意**，這也是他區別於其他詩人的地方。這段時間的作品，也一舉奠定了王維山水田園詩派扛霸子的地位。

這時候的王維已經有了大隱隱於市的氣質，不過偶爾也會和一些文人雅士一起遊玩，還留下了不少名作，比如：送別老朋友元二。

> ### 送元二使安西
>
> 王維
>
> 渭城朝雨浥輕塵，客舍青青柳色新。
> 勸君更盡一杯酒，西出陽關無故人。
>
> 小學生必背古詩詞

有些專家認為，我們可以把這首詩理解成祝酒詞，那場面就應該是這樣的：

開個玩笑……

就在王維深居簡出的時候，一場大災難來臨了，這就是**安史之亂**。

　　叛軍打進了長安，大部分官員都跑了，可是王維反應比較慢，沒跑掉。安祿山看他挺有名，就脅迫他做偽政權的官員。

好死不如賴活著，王維只能先這麼混著。沒過多久，長安被收復，這本來是個好事，但是，王維因為做過偽政權官員，相當於「唐奸」，眼瞅著就要被殺頭。

　　好在王維給偽政權當官的時候，寫過首一顆紅心向大唐的詩，而且他弟弟平亂有功，用官職力保王維，再加上王維實在太有名，於是皇帝不僅沒殺他，還讓他繼續做官。

這首救了他命的詩叫作〈凝碧詩〉：

萬戶傷心生野煙，百官何日再朝天？
秋槐葉落深宮裡，凝碧池頭奏管弦。

經歷了安史之亂，王維變得更加佛系，天天吃齋念佛，所以免遭官場上的各種勾心鬥角，竟然一路升職加薪，官運亨通。

佛系升職哪家強，輞川別墅找老王。

經歷了安史之亂，躲過殺身之禍，王維選擇徹底佛系，在輞川別墅隱居起來。

> 空山新雨後，天氣晚來秋。
> 明月松間照，清泉石上流。
> 竹喧歸浣女，蓮動下漁舟。
> 隨意春芳歇，王孫自可留。
>
> ——〈山居秋暝〉

這首詩表達了王維想要歸隱的心情。「空」也是王維詩歌中頻繁出現的字，這和他的信仰有關，反映了詩人內心的淡泊與寧靜。

晚年的他每天吃齋念佛，更像是一個苦行僧，偶爾寫寫詩表達表達自己的心境。

中歲頗好道，晚家南山陲。
興來每獨往，勝事空自知。
行到水窮處，坐看雲起時。
偶然值林叟，談笑無還期。

——〈終南別業〉

> 施主，我從東土大唐而來，在輞川別墅隱居，請施捨點齋飯。

　　這首詩講到他隱居的生活，其中「**行到水窮處，坐看雲起時**」是名句，這裡也再一次提到「**坐**」這個字。

　　就這樣，他度過了一個重度佛系的晚年，61歲時在輞川別墅逝世，並葬在這裡。

AAAAA旅遊
輞川別墅

王維墓

　　關於王維的生平，我們就說到這裡。下面，我們來看幾個更專業的問題。

1. 王維的詩到底好在哪？

王維多才多藝，寫詩畫畫無所不通。對於他的詩和畫，蘇軾的評價最有名，說王維是：

這是在說他善於運用色彩和光影，而且很講究虛實、冷暖、動靜的結合，就像在作畫一樣，而他的畫也有詩的意境。

空山不見人，但聞人語響。

返景入深林，復照青苔上。

——〈鹿柴〉

其實，王維詩除了有畫面感，還可以用來聽，他非常注重對聲音的描繪。比如：

人閒桂花落，夜靜春山空。
月出驚山鳥，時鳴春澗中。
　　　　　　　　──〈鳥鳴澗〉

大致意思是：周圍沒有人叨擾，連桂花落下來都能察覺到，深夜的寂靜籠罩著空山，連月亮出來都能驚到鳥兒，不時地在這春天的溪澗中高飛鳴叫。

因此，王維的詩是畫面、聲音、禪意三合一的藝術品。

2. 王維和孟浩然的詩有什麼區別?

同樣作為**山水田園派**的代表,王維和孟浩然的詩,有什麼區別呢?

關於這個問題,我們分兩點來說,首先從詩歌的角度:

孟浩然的山水詩大多在旅途中寫成,**動態**感特別強,就跟放電影似的,可以說他是在用詩播放畫面。

王維常常是坐觀山水，他的山水詩大多是**靜態**的，就跟拍照片似的，可以說他是在用詩畫畫，還隨手錄了個音。這就好比精緻漂亮的音樂盒。

　　再從他們的人生來看：

　　孟浩然是個率直的人，早年隱居，後來選擇求官，但沒成功，隱居也不踏實。文學家**葉嘉瑩**先生說他是**仕隱雙失**。

　　王維是個複雜的人，處世圓滑，也正因為此，仕途很順，後來開始半官半隱。**葉嘉瑩**先生說他是**仕隱雙得**。

3. 王維的詩和李白、杜甫的有什麼不同？

王維和大多數的詩人不一樣，他在官場混得不錯，但有時也會為了官職作妥協，這也是他為人詬病的地方。

比如他雖然和**張九齡**的關係很好，但是當張九齡被貶的時候，王維為了不受牽連，還曾討好過張九齡的死對頭**李林甫**。

而李白和杜甫在這方面，就更率直一點：

比如李白，
有啥說啥，我就是我，
開心不開心全寫臉上。

再比如杜甫，
無論自己的境遇如何，
始終憂國憂民。

而王維的詩很少觸及深刻的情感，說白了，他的詩有愛情、親情、友情，但**很少有獨白**。他總是刻意地隱藏起這一部分。

　　所以，當我們看到王維的詩時，常常會有一種不知道他想說什麼的感覺。

怪我囉。

　　也因此，有人說：李白是天才，杜甫是地才，而王維是介於天與地之間的人才。

　　以上是一些學者對王維的看法，僅供參考。混子哥曰：做人、寫詩沒有一定之規，人各有自己的選擇，沒有絕對的好壞和對錯之分。

十二、不得不說的李白

　　之前我們已經講了縱橫盛唐詩壇的兩大門派：邊塞詩派和山水田園詩派。他們個個都是頂級的咖位，只不過在後人心中，他們和接下來這位還是有差距的，他就是——

我真的不是刺客，我只是遊客。

李白

　　話說李白的運氣很好，他一生中大部分的時間都在盛唐時代快活。

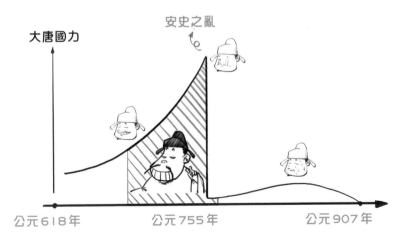

大唐國力

安史之亂

公元618年　　　公元755年　　　公元907年

　　不過李白不是只知道快活的人，他不甘於做個凡人，他有更遠大的抱負，如果要用一句話概括李白的一生，用一句外國友人的名言來說就是——

I have a dream.

　　用李白自己的話說，這叫：

> 奮其智能，願為輔弼。
> 使寰區大定，海縣清一。
> ——〈代壽山答孟少府移文書〉

翻譯成白話文就是：

齊家治國平天下。

當大官，做大事。

　　那麼，李白的一生是怎麼追夢的，後來又是怎麼變成一個網紅詩人的呢？咱們下面就來跟大家聊一聊李白的人生。

　　李白算是個富二代，5歲時跟著父親前往四川生活。他從小就讀了很多書，俗話說「讀萬卷書行萬里路」，所以15歲的李白就開啟了驢友生涯。

　　一開始是省內遊，但川蜀畢竟小了點，於是李白在25歲那一年，衝出四川走向全國。此後的一生，他走遍了大江南北，進階為大師級驢友。

　　但只會傻玩、拍照、寫「到此一遊」的驢友太低級了，李白高級就高級在——他到哪兒都會寫遊記。

> 渡遠荊門外，來從楚國遊。
> 山隨平野盡，江入大荒流。
> 月下飛天鏡，雲生結海樓。
> 仍憐故鄉水，萬里送行舟。
>
> ——〈渡荊門送別〉

這首詩，李白是想說，風景很不錯，但我更想家。

　　光寫遊記還不夠，偶爾還要搞點文藝，45度角仰望星空默默流淚，這才叫文藝青年。

　　比如，出門浪太久，睡前總思鄉，於是寫下了——

床前明月光，疑是地上霜。

舉頭望明月，低頭思故鄉。

——〈靜夜思〉

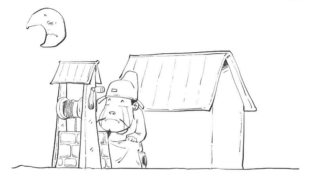

大意是：看到天上的月亮，讓我想起了自己的故鄉。

床前明月光中的**床**具體指的是什麼，學術圈也沒爭論明白，但目前比較可信的說法是，床指的是井上的圍欄。

　　一直在玩樂的李白從未忘記自己的夢想。跟本書提到的幾乎所有詩人一樣,他也不能免俗地,一直在尋找機會當官。而正如前文中已經提過很多遍的,當時想要當官,主要有兩種方式:

科舉

被舉薦

　　據説李白的老爸是商人,因此他不能參加科舉。不管真相怎麼樣,李白一生確實沒參加過科舉考試。

總之，李白選擇了被舉薦。而想要被舉薦為官，在那個時代，方式主要有兩種：

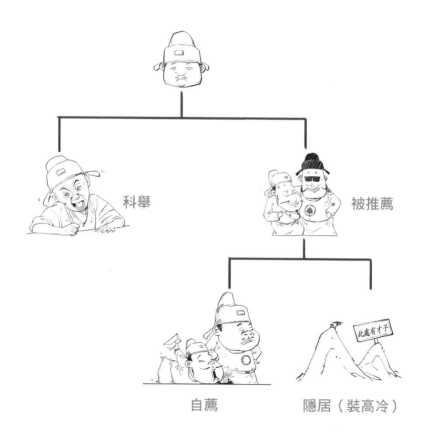

科舉

被推薦

自薦

隱居（裝高冷）

套路一：自薦

那時，自薦被稱為**干謁**（ㄍㄢ　ㄧㄝˋ），就是寫自薦信吹吹自己有多牛。但是像李白這麼清高的人，怎麼會寫這種信呢？

不過事實是，他寫了很多封這種信……

可惜的是，這些信全都石沉大海了。

套路二：隱居

除了寫自薦信之外，還有一種辦法就是隱居。翻譯成人話，就是躲起來裝高冷。

在那個時代，人們普遍認為高人都是隱居深山的，要是沒在哪個山溝裡面隱居過幾年，出門都不好意思跟人打招呼。

　　但是如果你真的隱居了，躲在一個沒人知道的山溝裡面自娛自樂，那就是真的傻了。**真正有技術含量的隱居是，所有人都知道你隱居，又不知道你的底細。**

別找了，
我隱居了！

　　所以這是古人的一種炒作方式。說是隱居，其實還是要讓自己出名。李白這麼時髦的人，當然也不會錯過這種事，他在漫遊的過程中，沒事就找個山溝隱居一段時間。

咱們說過，光隱居是不行的，還得炒作。李白炒作的方式就是寫詩，光寫還不行，還得發朋友圈，發微博，各種平臺各種發。

又因為常年隱居在深山老林裡，所以李白的山水詩特別多。

日照香爐生紫煙，遙看瀑布掛前川。

飛流直下三千尺，疑是銀河落九天。

——〈望廬山瀑布〉

大意是：來廬山閒逛，發現這裡的瀑布真的好壯觀，就好像從九天垂落山崖間的銀河。

　　但是光自己寫自己發還不夠，還得找一些大 V 來，沒事喝個酒啥的，順便更新貼文，效果更佳。

　　　　故人西辭黃鶴樓，煙花三月下揚州。
　　　　孤帆遠影碧空盡，唯見長江天際流。
　　　　　　　　　　　　　　──〈黃鶴樓送孟浩然之廣陵〉

　　大意是：孟浩然要去揚州，他在黃鶴樓這裡向我辭行，我看著他的身影漸漸消失，只剩下長江在天邊奔流。

　　從15歲一直到42歲，李白勤勤懇懇更新貼文，辛辛苦苦攢粉絲，已經是個頂級網紅了，但是朝廷好像還是沒有讓他當大官的意思，心裡憋屈的李白把這些也全寫詩裡面去了。

蜀道之難，
難於上青天，
側身西望長咨嗟！

──〈蜀道難〉

　　去蜀地的路真是太難走了，簡直比登天還難，我只能側身西望，長長地歎息。

李白的山水詩和其他詩人的不同之處，在於他的詩有很強烈的情緒。這些都和他追求夢想而不得志息息相關。

就在李白覺得自己沒啥希望的時候，唐玄宗招他入朝為官。這對於李白來說就好像老來得子似的，高興壞了，於是又寫了一首詩：

仰天大笑出門去，

我輩豈是蓬蒿人。

——〈南陵別兒童入京〉

　　大意是：仰面大笑著走出門去，我怎麼會只是個草野之人？

　　但是唐玄宗找李白來當官，純粹就是來娛樂的，沒事寫幾首詩讚美一下太平盛世，再誇誇楊貴妃有多漂亮。

雲想衣裳花想容，

春風拂檻露華濃。

——〈清平調〉

　　大意是：楊貴妃美到爆炸，穿的衣服也漂亮。

這就把李白搞得很鬱悶——我是來治理國家的，結果你就把我當個吉祥物！

最後鬱鬱不得志的李白還被人排擠，把官也丟了。但是官可以不做，面子不能丟，李白臨走的時候還要吐槽一把：

安能摧眉折腰事權貴，

使我不得開心顏！

——〈夢遊天姥吟留別〉

大意是：我怎麼能夠低頭哈腰、卑躬屈膝地去侍奉權貴？這樣並不能使我有開心的笑顏！

晚年的李白離開了朝廷，繼續網紅＆驢友的生涯，他這時候的生活可以用一首兒歌來概括：

找呀找呀找朋友，找到一個好朋友，

敬個禮呀握握手，你是我的好朋友，再見！

李白乘舟將欲行，

忽聞岸上踏歌聲。

桃花潭水深千尺，

不及汪倫送我情。

——〈贈汪倫〉

　　大意是：李白準備坐船離開，突然聽到岸上傳來踏歌的聲音。桃花潭水深數千尺，但遠不如汪倫對我的情誼。

　　但是你以為李白就此放棄治國平天下的理想了嗎？

不！

　　李白始終都沒有放棄自己的理想，後來恰逢安史之亂爆發，他重新出山，加入了當時起兵平叛的永王李璘麾下，成為謀士。

　　但人生就是，每當你覺得充滿希望的時候，上帝就給你一巴掌。因為朝廷上層的權力鬥爭，永王起兵造反，李白因此受牽連，被發配到夜郎這個地方。

不過李白跟著永王，頂多也就算個馬仔，後來朝廷大赦天下，李白重獲自由。他沿江返回金陵，又寫了一首詩，表達重獲自由的愉悅：

朝辭白帝彩雲間，
千里江陵一日還。
兩岸猿聲啼不住，
輕舟已過萬重山。

——〈早發白帝城〉

大意是：從白帝城到江陵相隔千里，但交通特便利，坐船一天就能到。

這時候的李白歲數已經很大，也折騰不起了。回到金陵之後兩年，李白病逝，一代詩仙就此隕落。

關於李白逝世的說法有很多，比如：喝酒太多；病逝；撈月亮掉水裡淹死。多數都充滿極其浪漫的氣息。

關於李白，我們就說到這裡。

我們來總結一下：

從古到今，中國文壇群星閃耀，但李白是最獨一無二的，他以飄逸灑脫的風格獨成一派，被稱為詩仙。

李白的一生像他的詩一樣，看起來充滿了灑脫不羈的氣質。

五花馬，千金裘，

呼兒將出換美酒，

與爾同銷萬古愁。

—— 〈將進酒〉

不管是名貴的五花馬還是狐皮裘，快叫你的小僕人拿去換美酒來吧，我要和你一起消融萬古長愁！

　　實際上，李白本打算耗盡一生的時光來完成建功立業、安邦定國的夢想。

　　可結果呢？

盛唐吉祥物　　　　　　　　　權力鬥爭的犧牲品

　　所以，他的人生和他的詩都充滿了矛盾，灑脫之下掩藏的是他鬱鬱不得志的落寞和不甘。

我們無法得知李白最後離開人世的時候，到底是懷著一種怎樣的心情——

但他留下的一篇篇千古名篇，已經足以使他成為中國璀璨文化中不可或缺的一顆明星。

杜甫作為李白的迷弟，他曾讚美李白的詩：**白也詩無敵，飄然思不群。**

更多唐朝的詩歌和詩人們的故事，敬請關注！

十三、番外篇——
考試中的古詩詞鑒賞

光知道這些詩人的生平，對於那些還在上學的同學們來說還不夠，所以，我們接下來要挑戰一個高難度的選題：

考試中的古詩詞鑒賞

混子哥，你還懂怎麼做題喔？

我雖然不懂，但是我有後援。

　　下面有請混子曰團隊的超級大腦，專門和考試題過不去的方老師出場。

我就是方老師，不信你看我的臉型。

話說作文不會寫，只要湊夠字，跑題都給分。可古詩詞鑒賞呢，一不小心就零蛋。

對於這種特別有技術含量的題目，我們的宗旨是：

廢話不多說，現在就來看一道考題：

一、閱讀下面這首唐詩，完成8～9題。（11分）

金陵望漢江
李白

漢江回萬里，派作九龍盤①。
橫潰豁中國，崔嵬飛迅湍。
六帝淪亡後②，三吳不足觀③。
我君混區宇，垂拱眾流安。
今日任公子，滄浪罷釣竿④。

【注】①派：河的支流，長江在湖北、江西一帶，分為很多直流。②六帝：代指六朝。③三吳，古吳地後分為三，即吳興、吳郡、會稽。④這兩句的意思是：當今任公子已無須垂釣了，因為江海中已無巨魚，比喻已無危害國家的巨寇。任公子是《莊子》中的傳說人物，他用很大的釣鉤和極多的食餌釣起一條巨大的魚。

8.詩的前四句描寫了什麼樣的景象？這樣寫有什麼用意？（6分）

9.詩中運用任公子的典故，表達了什麼樣的思想感情？（5分）

相信多數人看到這題時，會有一種難以名狀的痛苦……

請切記一點，遭遇這種題，請不要迷之自信地以為可以直接看懂在寫些什麼，因為那是——

那應該怎樣呢？

要保有一種福爾摩斯破案的心，關鍵就在於找出線索，這
事──

Step 1　使勁看

說白了就是打量打量標題和作者：

文章的標題：金陵望漢江。注
解中也指出金陵就是南京，漢江就
是長江。

也就是說，這是詩人在南京看長江。所以，這篇文章一定有描繪景色的部分。有景一定會——

溫馨提示：

如果你什麼都不會，看到這個標題，做題時，祭出寫景三連：**借景抒情，寓情於景，情景交融**，也是拿得到分數的。當然，這三個詞是有區別的，以後詳談。

然後，我繼續看作者。這首詩的作者是李白，那腦海裡應該有啥？

關於李白的生平其實重要的就兩點：

要知道詩人寫詩就像更新微博、朋友圈，說的都是跟自己生活有關的那些事，瞭解了作者的生平──

Step 2　結合已知看

接下來，掃一眼古詩，80%的情況下，古詩寫的都是各種**景色**，還有20%是歷史典故。

寫景　　　　　　　　　　　　典故

為什麼會這樣呢？

詩人並不會閒著沒事胡亂寫，寫作都是有靈感才寫。就像曬朋友圈，有料才發，無病呻吟什麼的最讓人討厭了。

比如：李白看到一輪明月孤獨地掛在空中，就會聯想到自己漂泊在外，於是便有了思鄉之情。

　　　　　　床前明月光，疑是地上霜。

　　　　　　舉頭望明月，低頭思故鄉。

　　　　　　　　　　　　　——〈靜夜思〉

知道了這些，回過頭來看看這首詩。

先看一下
頭四句詩。

漢江回萬里，派作九龍盤。
橫潰豁中國，崔嵬飛迅湍。

可以判斷出，這一定是在寫景，而且一定是在寫長江。長江
有啥特點？

地球人都知道長江──

特雄偉！
特有氣勢！

接下來——

再看接下來
的四句詩。

六帝淪亡後，三吳不足觀。
我君混區宇，垂拱眾流安。

結果——

我可能對
考試免疫。

還是完全不知道在講啥？

遇到這種情況不要慌亂，唯一有效的辦法就是聯繫上下文。

所以不要灰心，看不懂就繼續往下看。

再看最後
兩句詩。

今日任公子，滄浪罷釣竿。

根據注解，我們知道，最後一句用了典故。

③三吳，古吳地後分為三，即吳興、吳郡、會稽。④這兩句的意思是：當今任公子已無須垂釣了，因為江海中已無巨魚，比喻已無危害國家的巨寇。任公子是《莊子》中的傳說人物，他用很大的釣鉤和極多的食餌釣起一條巨大的魚。

那這個典故說了啥？

沒有巨魚，原本有本事的任公子現在沒事做了，詩人抒情都會帶入自己的處境，結合李白的兩個基本點，也就能猜到這表達了**英雄無用武之地**的悲涼之情。

完美

Step 3　形成完整邏輯鏈

根據第二步的分析，作為古詩詞小偵探的你，就需要歸納整理目前的線索，從已有推出未知。

漢江回萬里，派作九龍盤。
橫潰豁中國，崔嵬飛迅湍。

 寫長江雄偉有氣魄

六帝淪亡後，三吳不足觀。
我君混區宇，垂拱眾流安。

今日任公子，滄浪罷釣竿。

 表達英雄無用武之地

看到這些線索，一個合格學生至少能夠推出，第二個四句和長江的雄偉有關，而且是——

啥時候能實現我的夢想呢？

英雄無用武之地的原因

如果還沒猜到，結合李白生平的第一個重點：生活在盛唐，所以，這裡一定是在說天下太平。

啥你都懂，筆給你你來寫。

而天下太平結合這當中的「我君」，能夠猜出這是在說皇帝治理國家很好，才導致自己沒有用武之地。

最後，我們來總結一下……

漢江回萬里，派作九龍盤。
橫潰豁中國，崔嵬飛迅湍。

寫長江雄偉有氣魄

六帝淪亡後，三吳不足觀。
我君混區宇，垂拱眾流安。

皇帝國家治理得好，天下太平。

今日任公子，滄浪罷釣竿。

表達英雄無用武之地

分析到這個程度，這首（案）詩（件）也就解決了。我們來看一下參考答案：

略

開個玩笑，參考答案如下：

8.詩的前四句描寫了什麼樣的景象？這樣寫有什麼用意？

詩的前四句寫出了長江下游萬流橫潰，直下東海，水勢浩瀚，氣勢博大的特點，寫出了遠去的長江氣勢浩大。這樣寫切中題旨，鋪墊出一派雄壯氣象。用江水氾濫造成的巨大影響和損失來寫近古的國運不興，為歌頌當下盛世蓄好氣勢。

9.詩中運用任公子的典故，表達了什麼樣的思想感情？

詩中運用了任公子的典故，並不是單純而熱烈地歌頌盛世，也透露出作者自己英雄無用武之地的淡淡悲哀，自然又蘊含豐富地表達出盛世才子的惆悵。

關於考試的題目，我們就說到這裡了。最後的最後，總結一下——

想要瞭解古詩，就得先瞭解詩人；想要瞭解詩人，就得先瞭解詩人的時代。這就是知人論世，知詩論人。

[1] 曹寅，彭定求等。全唐詩[M]。北京：中華書局，1975。

[2] 署名後晉劉昫等撰，實為後晉趙瑩主持編修。舊唐書[M]。北京：中華書局，1975。

[3] 宋祁，歐陽修，范鎮，呂夏卿等人。新唐書[M]。北京：中華書局，1975。

[4] 聞一多。唐詩雜論[M]。北京：生活・讀書・新知三聯書店，2012。

[5] 施蟄存。唐詩百話[M]。西安：陝西師範大學出版總社，2014。

[6] 傅璿琮。唐才子傳校箋[M]。北京：中華書局，2000。

[7] 羅宗強。唐詩小史[M]。天津：百花文藝出版社，2008。

[8] 王力。詩詞格律[M]。天津：天津人民出版社，2016。

[9] 王力。中國古代文化常識[M]。北京：北京聯合出版公司，2014。

[10] 葉嘉瑩。說詩講稿[M]。北京：中華書局，2015。

[11] 葉嘉瑩。葉嘉瑩說初盛唐詩[M]。北京：中華書局，2015。

[12] 葉嘉瑩。古詩詞課[M]。北京：生活・讀書・新知三聯書店，2018.

[13] 尚永亮。詩映大唐春[M]。北京：北京大學出版社，2017。

[14] 尚永亮。唐詩藝術講演錄[M]。桂林：廣西師範大學出版社，2008。

[15] 沈松勤，胡可先，陶然。唐詩研究[M]。杭州：浙江大學出版社，2006。

[16] 餘恕誠。唐詩風貌[M]。北京：中華書局，2010。

[17] 顧隨。講唐宋詩[M]。石家莊：河北教育出版社，2018。

[18] 王步高。披沙揀金說唐詩[M]。福州：福建教育出版社，2010。

半小時漫畫唐詩（二版）

作　　者　陳磊‧半小時漫畫團隊
責任編輯　夏于翔
內頁構成　李秀菊
封面美術　江孟達工作室

發 行 人　蘇拾平
總 編 輯　蘇拾平
副總編輯　王辰元
資深主編　夏于翔
主　　編　李明瑾
業　　務　王綬晨、邱紹溢、劉文雅
行　　銷　廖倚萱
出　　版　日出出版
　　　　　地址：231030新北市新店區北新路三段207-3號5樓
　　　　　電話：(02)8913-1005　傳真：(02)8913-1056
　　　　　網址：www.sunrisepress.com.tw
　　　　　E-mail信箱：sunrisepress@andbooks.com.tw
發　　行　大雁出版基地
　　　　　地址：231030新北市新店區北新路三段207-3號5樓
　　　　　電話：(02)8913-1005　傳真：(02)8913-1056
　　　　　讀者服務信箱：andbooks@andbooks.com.tw
　　　　　劃撥帳號：19983379　戶名：大雁文化事業股份有限公司
印　　刷　中原造像股份有限公司
二版一刷　2023年3月
二版二刷　2024年7月
定　　價　480元
I S B N　978-626-7261-22-4

原書名：《半小時漫畫唐詩》
作者：陳磊‧半小時漫畫團隊
本書中文繁體版由讀客文化股份有限公司經光磊國際版權經紀有限公司授權日出出版在全球
（不包括中國大陸，包括台灣、香港、澳門）獨家出版、發行。
ALL RIGHTS RESERVED
Copyright © 2019 by 陳磊‧半小時漫畫團隊

國家圖書館出版品預行編目（CIP）資料

半小時漫畫唐詩／陳磊‧半小時漫畫團隊著.
-- 二版. -- 臺北市：日出出版：大雁文化事業
股份有限公司發行, 2023.03
320面；15×21公分
ISBN 978-626-7261-22-4（平裝）
831.4　　　　　　　　　112002103

圖書許可發行核准字號：文化部部版臺陸字第108015號
出版說明：本書由簡體版圖書《半小時漫畫唐詩》以正體字在臺灣重製發行，推廣經典詩詞。